Nacht über Edinburgh

P. J. Thompson

Bibliografische Information
der Deutschen Nationalbibliothek:
Die Deutsche Nationalbibliothek
verzeichnet diese Publikation in der
Deutschen Nationalbibliografie;
detaillierte bibliografische Daten sind im Internet
über dnb.dnb.de abrufbar.

Herstellung und Verlag:
BoD – Books on Demand, Norderstedt

ISBN: 978 3-757-84656-5

*Kein Stern leuchtet schöner
als die Lichter der Straßen von Edinburgh.*
- Robert Louis Stevenson -

Die Nacht war kalt gewesen, kalt und finster.

Das Morgengrauen durchbrach zögerlich die schwere Decke der Dunkelheit, die sich am Himmel aufgetan hatte, und brachte sein trübes Licht zurück in die alte, gebrechliche Stadt am *Firth of Forth*.

Nur wenige Menschen pflegten überhaupt schon auf den Beinen zu sein um diese Zeit... doch so jemand wie Mew hatte nicht einmal geschlafen. Wie auch, wenn der Magen leer war, und der Kopf schwer von Angst und Ungewissheit, was der nächste Tag wohl bringen würde? Zum Glück wissen die wenigsten von uns, wie sich so etwas anfühlen mag, aber für unseren Jungen, um den es in der nachfolgenden Geschichte auch gehen soll, war es harte Tatsache.

Eigentlich hieß er richtig und vollständig Bartholomew - Bartholomew Bloomfield - doch sein Nachname war kein Zeichen seiner Abstammung, kein Indiz einer liebenden Familie, in die er hineingeboren worden war. Viel eher hatten die bettelnden Landstreicher, die ihn als Kind gefunden hatten, ihm diesen Namen gegeben. Eben wegen des schönen Klanges, und weil er trotz der Umstände gelächelt und gegluckst hatte, und das hatte die rauen Seelen wieder so froh gemacht wie der Anblick einer sommerlichen Blumenwiese. Das Lächeln hatte ihn die Zeit leider verlernen lassen; und seine wahren Eltern kannte er nicht. Ob sie noch lebten, fernab der Stadt oder nur zwei Häuserblocks weiter, ob sie hungerten oder litten oder schon unter der Erde lagen, das alles war dazu verdammt, ihm für immer ein großes Rätsel zu bleiben. Unter Umständen hatte man ihn ja als kleinen Jungen willentlich *ausgesetzt*, einfach so auf der Straße! Und die Straße hatte ihn auch großgezogen; sein Leben verbrachte er mit Tagedieben, Trinkern und Gesindel, anderen Waisenkindern aus den elendsten Ecken der Stadt. Das glanzvolle London, von dem er die Leute manchmal im Vorbeigehen reden hörte, und von dem er manchmal heimlich träumte, schien so weit entfernt wie überhaupt möglich. Edward der Siebte, der vor wenigen Jahren auf den Thron gekommen war, war nur auf dem Papier auch König von Schottland. Die Schotten lebten ganz allgemein eher unter sich, eine Randerscheinung im nach außen hin so mächtigen *Empire*, über dem die Sonne von Indien bis nach Ägypten angeblich nie unterging... hier jedenfalls ließ sie sich eher selten blicken. Jeder war sich selbst der Nächste, und das kühle Wetter, die karge Lebensweise, das alles hatte die Menschen kälter als

Stein werden lassen.

In der Nacht zog Bartholomew mit den anderen Kindern durch die Straßen, machte Lärm, ärgerte streunende Katzen, prügelte sich. Am Tage hingegen schlich er allein durch die engen Gassen der Altstadt, lauerte in dunklen Ecken auf und raubte sich zusammen, was er zum Leben benötigte. Schmuck, Gold, Geschmeide, das alles besaß für ihn keinen Wert. Er verkaufte es an Lord Chamberlain, der in einem verkommenen Herrenhaus am Stadtrand wohnte und ihm dafür die paar Schillinge geben konnte, die er zum Überleben benötigte: keinen Penny mehr, keinen Penny weniger. Der Waisenjunge war von schmächtiger, ja fast beängstigend hagerer Gestalt, mit einem schmalen Gesicht, kreidebleich und übersät von Sommersprossen. Seine giftgrünen Augen stachen hervor wie zwei Smaragde, eindringlich und leuchtend. Im Kontrast dazu stand ein unbändiger, krauser Haarschopf, der eine rötliche Farbe aufwies, die schon fast an Rost oder Kupfer erinnern mochte, und die er so gut er konnte unter einer weiten Schirmmütze verbarg. Seine Kleider waren Lumpen, dreckig und staubig, an einigen Stellen aufgerissen oder notdürftig geflickt worden. Seine viel zu weite Hose wurde von Hosenträgern gehalten, sein Oberteil bestand bloß aus einem schlichten Leinenhemd, das vielleicht einmal weiß gewesen war. Seit drei Tagen hatte er nichts mehr zu essen gehabt, und sein Magen knurrte wie ein tollwütiger Hund. Die Glocken von St. Giles läuteten, Punkt sechs Uhr früh - so langsam könnte es sich lohnen, auf Beutezug zu gehen! Und so begann der beabsichtigte Raub wie jedes Mal auf die selbe Weise: mit einem Überblick. Eilig hastete er die ungewöhnlich menschenleere *Royal Mile* hinunter, vorbei an alten Häusern und kleinen Pubs, zu auf den weithin sichtbaren Glockenturm: wie ein treuer Wachmann stand er da, bekrönt von einer Haube aus sieben in der Mitte zusammenlaufenden, steinernen Bögen. An der Südwand waren rostige Leitersprossen eingelassen, die hoch zur Kandel führten und dort wahrscheinlich einmal für den Fall der Notwendigkeit von Ausbesserungsarbeiten angebracht worden waren. Bartholomew machte sich an den Aufstieg, bis er weit genug gekommen war, um nach der Dachrinne greifen zu können und die Finger ins Blech zu krallen. Mit aller Kraft zog er sich daran hoch, die Zähne knirschend zusammengebissen. Aus dieser Nähe war der Stundenschlag beinahe ohrenbetäubend. In die Kathedrale war ein kleines Fenster gemauert worden, auf dessen Sims er steigen konnte, um sich von dort aus mit letzter Kraft bis zur Spitze hinauf zu hangeln, und so in den offenen Turmhelm einzusteigen. Erschöpft ließ er sich zu Boden sinken und verschnaufte kurz. Mit leerem Magen war selbst diese „kleine" Kletterei schon eine höllische Tortur gewesen. Vorsichtig richtete er sich auf und setze einen Fuß vor den anderen, während der Dachstuhl bedrohlich unter ihm knirschte und knackte. Mit pochendem Herzen ließ er seinen Blick in die Ferne schweifen. Von hier aus bot sich ihm ein fantastischer Ausblick. Im Westen sah er die stolze Burg, die standhaft mit ihren riesigen Türmen und unzähligen Zinnen über die Stadt wachte, und dahinter das hoch aufragende Dichtermonument im Stadtpark, der sich wie ein grüner Teppich in alle Richtungen ausbreitete. Er sah die Neustadt mit der Princes Street und die wunderschöne Architektur des *North British Station Hotel*. Der Junge kniff die Augen zusammen. Tatsächlich, hinter dem dicken Dunstschleier aus Nebel und den Abgasen der unzähligen Fabrikschlote am Stadtrand konnte er *ihn* sehen. Den *Firth of Forth*. Wasser, nichts als Wasser, ein gewaltiger Meeresarm. Die Freiheit. Hinter ihm hörte die Enge der Stadt auf. Seine Sorgen, seine Probleme. So von seinem eigentlichen Vorhaben abgelenkt hatte er gar nicht bemerkt, dass sich auf der Mile eine rege Menschentraube angesammelt hatte, die sich schnatternd, lärmend und lachend durch die Gassen schob. Auch auf den sich von ihr abzweigenden Querstraßen war der alltägliche Wahnsinn wieder ausgebrochen, und Bürger aller Klassen und Einkommensschichten flanierten auf ihren gepflasterten Wegen. Er wusste, dass er dort fündig werden würde. Das *Establishment* der Stadt trug seinen Schmuck immer und überall mit sich herum, um seinen Reichtum öffentlich zur Schau zu stellen. Damit machten sie sich zur leichten Beute für Diebe und anderes Gesindel, doch sie lernten einfach nicht daraus... irgendeinen gut betuchten Dummkopf schien es immer zu geben, der sich bestehlen lassen wollte. Innerlich lachte Bartholomew leise auf, ein klägliches, mitleidiges Lachen. Mit der gleichen Sorgfalt wie auf dem Hinweg kletterte er das Gotteshaus hinunter, bis er schließlich wieder festen Boden unter den Füßen hatte. Niemand schien ihn bemerkt, geschweige denn besondere Notiz von ihm genommen zu haben. Die Hände in den Hosentaschen, eine locker-leichte Melodie pfeifend, spazierte er die North Bridge hinunter, die die Altstadt mit der Neustadt verband. Wie jedes Mal kam es ihm schlagartig wieder so vor, als wäre er in eine andere Welt eingetaucht, hinein in das ewige

Meer von Menschen, das sich unaufhaltsam seinen Weg bahnte. Er beobachtete die Leute gerne, sah ihre Unterschiede, ihre Eigenarten. Hunderte gingen an ihm vorbei, ohne ihn eines Blickes zu würdigen. Menschen im Anzug, edle Damen mit Perlenketten, (noch oder wieder) frühmorgendlich Betrunkene, die lallend in Gruppen umherzogen, Arbeiter mit dreckigen Gesichtern. Alle waren sie in Bewegung. *Bis auf einen.* Ein Mann stand inmitten des brausenden Durcheinanders, auf einer Sichtachse genau gegenüber zu Mew, ungerührt vom Lauf der Zeit. Wie angewurzelt stand er da, buckelig und alt; das runzelige Gesicht erstrahlte von einer Gelassenheit und Ruhe, die der Straßenjunge nicht zuordnen konnte. Sein Brustkorb hob und senkte sich gleichmäßig unter dem Frack, und sein Blick galt einzig und allein dem Ding in seiner Hand. Bei näherem Hinsehen erkannte Mew, dass es sich um eine Taschenuhr handelte. Sie sah äußerst kostbar aus, vielleicht aus purem Gold. Plötzlich löste sich der Mann aus seiner Ekstase, und steckte das teure Stück zurück in seine Westentasche. Irgendetwas an diesem Mann schien den jungen Bartholomew Bloomfield so in seinen Bann gezogen zu haben, dass er beschloss, ihm unauffällig zu folgen. Dies erwies sich als eine äußerst schwierige Angelegenheit, da er sich immer wieder seinem Blickfeld zu entziehen schien; fast so, als wüsste er, dass man ihn verfolgte... doch dann tauchte er jäh wieder auf, wenige Meter vor der Nase des Jungen. Dieser beschleunigte seinen Schritt und fischte unauffällig nach der goldenen Uhrenkette, die ein wenig aus der Westentasche heraushing. Mit einem einzigen, gekonnten Ruck riss er die Uhr von ihrem Anhängsel los und ließ sie unauffällig in seinen Ärmel gleiten. Der alte Mann schien von alldem nichts bemerkt zu haben, so dass Mew sich still triumphierend aus dem Staub machen konnte... zu einem versteckten Ort jenseits dieses Schauspiels, jenseits dieses Lärms. An einem unscheinbaren Kanaldeckel in einer stinkenden Vorstadt machte er dann Halt und sah sich zunächst einmal argwöhnisch um. Kein Menschenseele weit und breit. Der Straßenjunge krempelte seine Ärmel hoch und spuckte in die Hände. Mit aller Kraft versuchte er, den Deckel aus der Verankerung zu heben, bis die Adern auf seinen Armen deutlich hervortraten und er puterrot angelaufen war. Er seufzte und ließ sich auf einen erneuten Versuch ein. Diesmal klappte es auf Anhieb, und das Teil sprang scheppernd aus dem Rahmen. Japsend schleifte Mew es zur Seite. Ein übler Gestank drang ihm aus den Eingeweiden der Stadt unmittelbar entgegen, rutschige Stiegen führten hinab in die Tiefe. Er zog den Abflussdeckel über sich zurück auf seinen angestammten Platz und machte sich auf den Weg, tiefer hinab in die wenig einladenden Katakomben. Menschliche Abfälle schwammen in der modrigen Suppe des Rinnsals, kleine Stege führten an beiden Seiten außen entlang. In völliger Dunkelheit musste Mew sich nun seinen Weg ertasten, an der moosbewachsenen Kanalmauer. Er konnte sich, sicherlich ebenso wie ihr, selbstredend angenehmeres vorstellen als ein Besuch in der Latrine der schottischen Hauptstadt, aber die Stille hier besänftigte ihn. Sie schien ihn zu umschließen wie eine liebende Mutter, die ihr Kind nach jahrelanger Trennung wiedersah. Sein knurrender Magen riss ihn aus den wehmütigen Gedanken. Seine Innereien schienen sich bereits selbst zu verdauen; auch das kein angenehmes Gefühl. Wenn er nicht bald etwas zwischen die Zähne bekommen würde... nein, er mochte gar nicht daran denken. Nachdem er sich etwa eine halbe Stunde durch das klamme Tunnelsystem navigiert hatte, stolperte er über einen Ziegelstein, den er selbst vor Jahren hier platziert hatte. Er bedeutete: Hier war der Junge richtig. Da! Vorsichtig ergriff er die erste Sprosse und stieg daran hoch. Das war der Weg, den Chamberlain ihm gezeigt hatte. Das war der einzige Weg, den er kannte. *Oben* hätte er ihn niemals gefunden. Es wurde heller um Bartholomew, durch den Abflussdeckel drang das Tageslicht. Mit Leibeskräften stemmte er sich dagegen, bis er meinte, die Sprosse auf der er stand würde sich unter seinen Füßen verbiegen. Der Deckel sprang mit einem ohrenbetäubenden Scheppern aus der Verankerung. Sofort strömte Frischluft in die miefigen, unterirdischen Gänge, und der Junge rang nach Atem. Er entstieg dem Untergrund und klopfte sich die Kleider ab. Es war dunstig und schummrig draußen, und trotzdem reichte diese geringe Helligkeit, um seine Augen brennen zu lassen. Er sah sich um. Die enge Gasse war an beiden Seiten durch eine hohe Backsteinmauer begrenzt, und in der Ferne ragten die Schornsteine stillgelegter Fabriken wie versteinerte Riesen in die Höhe. Er kam sich vor wie in einer Geisterstadt. Am anderen Ende des Weges ragte ein Haus auf, ja fast eine Villa, die einmal einen recht herrschaftlichen Eindruck erweckt haben musste: die *Whitehall Manor*. Heute aber war sie verkommen und verfallen, mit kaputten Fenstern, eingestürzten Balkonen und einem löchrigen Dach, an dem mehr als nur eine Schindel fehlte. Bartholomew kannte das Anwesen. *Whitehall Manor* war der Schlupfwinkel von Lord Chamberlain, dem widerwärtigen

Tunichtgut, an den er seine zusammengestohlenen Kleinode verkaufte. Er war kein echter *Lord*, und das Haus gehörte ihm auch nicht. Es stand schon so lange leer, dass er dachte, niemand würde mehr Besitzanspruch darauf erheben. Deshalb ließ er sich hier nieder, weit abseits der Stadt. Das Viertel drumherum war einmal ein Arbeiterviertel gewesen, doch heute wohnte hier keiner mehr außer den Ratten, die die verwaisten Ruinen bevölkerten.

Mew kannte nicht einmal seinen Vornamen. Chamberlain hatte immer darauf bestanden, dass er ihn mit *Lord* anspreche. *Wohl eine Allüre*, dachte der Junge bei sich. Er konnte ihn nicht ausstehen, dazu war der Lord viel zu aufgeblasen und überheblich, ein raffgieriger, gemeiner Ausbeuter. Doch Mew wusste, dass er bei ihm immer sein Diebesgut verschachern konnte. Mit pochendem Herzen ging er auf die spinnenwebenverhangene, staubige Tür zu. Er klopfte, und keine paar Sekunden später öffnete ihm ein großer, spindeldürrer Mann mit käseweißer, unreiner Haut und einem fiesen, schmallippigen Grinsen. Sein Anzug war kaputt und seine fettigen, rabenschwarzen Haare waren zu einem schmierigen Scheitel gezogen worden. „Komm herein", krächzte Chamberlain mit einer

Stimme, die einem das Blut in den Adern gefrieren lassen konnte.

Sein Atem stank nach Alkohol. Er schloss die Tür hinter ihnen. Im Inneren von *Whitehall Manor* war es dunkel und stickig, einzig eine Handvoll Kerzen erhellten den einstigen Kaminraum. Es sah aus wie in einer Räuberhöhle: überall lagen alte Möbel herum, Diebesgut und Schmuck, Weinflaschen und Geld. Alte Münzen, neue Münzen, Banknoten aus aller Herren Länder.

„Was hast du denn heute für mich?", fragte der Lord begierig und lachte falsch.

Wortlos zog Bartholomew die goldene Uhr aus seiner Tasche. Er sah sie noch ein letztes Mal an. Dem Gewicht nach war reines Gold verarbeitet worden. Erst jetzt fiel ihm auf, wie kunstvoll das Zifferblatt und die Einfassung verziert waren. Die römischen Ziffern von Eins bis Zwölf hingen an zwölf Ästen, die an einem dicken, knorrigen Baum mit tiefen Wurzeln hingen. In den Rahmen war eine Schlange eingraviert worden, die einmal rundherum verlief und sich am Ende selbst wieder in den Schwanz biss. Er drehte die Uhr in seiner Hand und betrachtete die Rückseite. Darauf war eine Art Glücksbringer eingraviert worden, ein mächtiges Amulett aus Nordafrika: die Hand mit dem Auge im Zentrum. Sie sah sehr besonders und kostbar aus, und er konnte sich nicht dazu durchringen, sie dem Lord zu überreichen.

„Gib schon her!", knurrte Chamberlain und entriss ihm die Uhr.

Er betrachtete sie mit seinem typischen, prüfenden Blick.

„Hmmmmm... pures Gold. Aber dafür hast du sie auch schon in deinen ungewaschenen Griffeln gehabt, Gossenjunge! Also gebe ich dir... sagen wir.. drei Schilling dafür."

„Drei Schilling bloß?!", rief Bartholomew empört.

Er spürte Wut in sich aufsteigen.

„Du kannst auch verhungern. Vielleicht erbarmen sich die Bettler mit dir und geben dir ihr letztes Stück Brot."

Er lachte hämisch.

„Na gut", erwiderte der Junge zähneknirschend. „Jetzt gib mir mein Geld."

„Hier", triumphierte der Lord und warf ihm einen kleinen Beutel mit Münzen zu. Ohne ein weiteres Wort verließ Bloomfield die *Whitehall Manor* und warf die Tür hinter sich lautstark ins Schloss. Noch viele Straßen weiter war das heisere Gelächter des Lord Chamberlain zu vernehmen.

Der völlig verdreckte Waise stand vor dem Tresen der Bäckerei *Goodfellow & Co.* am Fuße des Calton Hill. Eine dicke, rotgesichtige Frau mit blonden Locken bediente ihn mit aufgesetzter Freundlichkeit. Mew wusste genau, dass er hier mit seiner staubigen Kleidung und seinem dreckigen Gesicht kein gerngesehener Gast war.

„Ich nehme zwei Weizenbrötchen und ein Glas Milch, bitte."

Das Wasser lief ihm schon bei einer kargen Mahlzeit wie dieser im Munde zusammen. Wer lange Verzicht üben muss, lernt auch die scheinbar weniger wichtigen Dinge zu schätzen. Lieblos schenkte die Frau ihm ein Glas ein, entnahm dem Lagerregal zwei Brötchen und überreichte sie ihm mit einem schiefen Lächeln. Er nahm sein Essen und stellte sich an einen der Tische, die in der Bäckerei aufgestellt waren. Von hier aus konnte man die ganze Straße überblicken. Es dämmerte bereits, und die letzten Strahlen der untergehenden Sonne verwandelten den Horizont in das feurige Rot von glühenden Kohlen. Die Brötchen waren trocken und steinhart, und dennoch fiel er halb verhungert wie er war glückselig darüber her. In nur vier Bissen war seine Mahlzeit Geschichte. Gesättigt fühlte er sich deshalb noch lange nicht, aber es musste erst einmal ausreichen, damit er mit dem Geld, das ihm Lord Chamberlain für die Uhr gegeben hatte, möglichst lange auskam. Als Bartholomew sich gerade auf den Weg machen wollte, um nach einem geeigneten Schlafplatz für die Nacht zu suchen, fiel ihm ein äußerst verdächtiger Mann ins Auge, begleitet von einem *Bobby*. Sein Herz rutschte ihm in die Hose. Es war der selbe Mann, den er vorhin bestohlen hatte. Wie hatte er ihn bloß gefunden? Auf seinem Gesicht lag ein tief besorgter Ausdruck, er schien um Jahre gealtert zu sein.

„Bartholomew Bloomfield?"

Mew schnappte nach Luft. Dieser Mann kannte seinen Namen. Woher zum Teufel kannte dieser Mann seinen Namen?

„Du hast mir vorhin meine Uhr.." - er rang nach den richtigen Worten, verdrehte die Augen, schnipste mit den Fingern - „entwendet. Sie ist von unschätzbarem Wert für mich... Wärst du so freundlich, sie mir wieder auszuhändigen?"

In seiner Stimme lag nicht der geringste Anflug eines Vorwurfs. Im Gegenteil, er klang trotz des Geschehenen durch und durch liebevoll und gütig. Die Freundlichkeit des Mannes ließ beinahe Schuldgefühle in ihm aufkeimen.

„Ich... das geht nicht!", stammelte der Waisenjunge.

Dann ergänzte er kleinlaut: „Ich habe sie verkauft."

„Verkauft?"

Die eben noch so warmherzige Miene des Mannes versteinerte. Er wandte sich ab und sprach mit dem Polizisten.

„Constable, bitte nehmen Sie diesen Jungen in Gewahrsam. Ich weiß nicht, wer er ist, und es interessiert mich auch nicht, aber er hat mich meines wertvollsten Besitzes beraubt. Meine goldene Taschenuhr, oh ach und weh!"

Er ließ sich auf einen der Hocker plumpsen und wischte sich theatralisch mit einem Taschentuch über die Stirn.

„Sie ist ein Familienerbstück, müssen Sie wissen. Vor mir gehörte sie meinem Vater, und davor dessen Vater und dessen..."

Der Constable nickte. Er war ein untersetzter Mann mit verkniffenen, matten Augen, eingerahmt von einem gepflegten Schnurrbart.

„Gehen Sie nach Hause, guter Mann. Ich werde mich höchstpersönlich des Falles annehmen."

„Das will ich hoffen", lamentierte der Mann im Anzug noch, während der *Bobby* sich dem Jungen zuwandte.

„Im Namen seiner Majestät Edward des Siebten aus dem Hause Sachsen-Coburg-Gotha, König von Groß-britannien und Irland sowie Kaiser von Indien, ersu-che ich dich, mir unverzüglich auf die Stadtwache zu folgen. Als dringend Tatverdächtiger würde jeglicher Widerstand einzig und allein dir selbst zur Last fallen."

Bartholomew nickte tonlos. Er hatte nicht vor, Wider-stand zu leisten. Und dann sagte er bloß noch, ganz leise, kaum hörbar:

„Edward ist nicht unser König. Schottland hat schon lange keinen König mehr."

Zwei

Als Mew am nächsten Morgen erwachte, schmerzte jedes einzelne Gelenk seines Körpers. Er hatte die Nacht im Loch verbringen müssen, nachdem die Beamten herausbekommen hatten, dass er ein Vagabund war, der eigentlich nirgendwo so richtig wohnte. Das Unverschämte an der Sachen war eben, dass *nirgendwo zu wohnen* immer noch komfortabler war als die Nacht hier verbringen zu müssen: klein und vergittert, eine kahle Nische bloß, mit einem Feldbett ohne Decke. Er hörte den Schlüssel im Schloss der Wache. Schlaftrunken richtete er sich auf und sah sich um. Der *Bobby* von gestern, in voller Uniform, rüttelte an dem Gitter.

„Steh auf, Junge. Wir haben eine Bleibe für dich gefunden."

Bartholomew rieb sich den Schlaf aus den Augen.

„Ich habe Hunger", maulte er plump.

Der Constable ignorierte ihn.

„Du kannst dir dort drüben dein Gesicht waschen."

Er wies auf ein armseliges Waschbecken mit einem zerbrochenen Spiegel darüber, das gegenüber angebracht worden war. Ohne ein weiteres Wort zu verschwenden, wusch der Junge sein Gesicht und seine Hände.

Das eiskalte Wasser rief seine Lebensgeister zurück und befreite ihn von Schmutz und Staub. Jetzt fühlte er sich wieder einigermaßen lebendig.

„Wie weit ist es?", fragte er, an den Polizisten gewandt.

„Drei Häuserblocks von hier. Ich kenne die Besitzerin der Waisenheimes persönlich."

Mews Herz setzte einen Schlag aus. Ein Waisenhaus? *Niemals.* Doch er wusste, bei einer Flucht hätte er keine Chance. Seine Beine waren zu müde, um noch vor irgendjemandem davonzulaufen. Also trottete er dem Ordnungshüter hinterher, hinaus ins Freie. Es war ein herrlicher Sonntagmorgen, die Sonne lachte und der ewige Nebel, der Edinburgh sonst fest in seinem Griff zu haben schien, hatte sich gnädigerweise verflüchtigt. Von überall her ertönten die Kirchglocken, die die Gläubigen zum Gottesdienst riefen. Sie liefen die Victoria Street hoch bis zum Prince Albert Hill. Diesem folgten sie etwa fünfhundert Meter, bis sie in eine kleine Seitenstraße einbogen. Am Ende der Straße ragt ein hohes Gebäude im viktorianischen Stil empor. Es war komplett aus Holz und besaß einen wuchtigen, prismaförmigen Eckturm mit einem kleinen Dach und einer frisch gestrichenen Veranda. Die Fassade wurde von unzähligen großen und kleinen Fenstern und Verzierungen gesäumt und glänzte in einem schimmernden Weiß. Über der breiten Haustür, die in einem satten Grün bemalt worden war, hing ein massives Eichenholzschild. *Miss Longwood's Orphanage.* Bartholomew atmete tief durch. Das konnte doch nur ein Albtraum sein! Der Constable lächelte ihm gezwungen zu. Er betätigte den Türklopfer, einen massiven Wildschweinkopf aus Bronze. Eine äußerst korpulente, untersetzte Frau mit schulterlangen, rötlich-braunen Locken öffnete ihnen die Tür und schnaufte angestrengt.

„Bringen Sie mir wieder einen dieser Bengel..?"

Sie grinste den Jungen dämlich an.

„Sehr wohl, Ma'am. Wir hielten wir es für das Beste, ihn in ein Waisenhaus zu geben, damit er anständige Mahlzeiten bekommt und eine ordentliche Erziehung genießen kann."

Die Frau, die Miss Longwood höchstpersönlich zu sein schien, lachte aufgesetzt und schrill.

„Wenn es dafür noch nicht zu spät ist, jedenfalls! Aber mit dem kleinen Quälgeist werde ich auch noch fertig. Es gibt keinen Knaben, den ich noch nicht gebändigt habe."

Sie lachte abermals und wischte sich mit einem Taschentuch über ihre schweißglänzende Stirn. Der Constable verabschiedete sich förmlich, und die Frau wandte sich an den Waisenjungen.

„Wie lautet denn dein Name?", fragte sie mit honigsüßer Stimme, als hätte sie ein Kleinkind vor sich.

„Bartholomew", erwiderte er trocken, „Bartholomew
Bloomfield".

„Dann heiße ich dich herzlich willkommen in deinem
neuen Zuhause, Bartholomew." Sie lächelte schief.

„Deine Kleidung ist ja ganz dreckig. Miss Ashford
wird dir neue Hemden geben und dir ein Bad einlas-
sen."

Miss Ashford war eine junge, schlanke Dame mit einem runden Gesicht und roten Wangen. Ihre langen,
blonden Haare waren zu einem adretten Zopf geflochten. Auf Bartholomew machte sie jedenfalls von vorn-
herein einen ganz einfältigen Eindruck. Sie nahm ihn
bei der Hand und führte ihn die Treppe hoch. Die
Wände waren übersät mit den Bildern der Kinder, die
hier lebten. Das Fräulein brachte ihn in einen langen
Korridor, an dessen beiden Seiten sich viele Türen ab-
zweigten.

„Dies sind die Schlafzimmer. Drei Kinder teilen sich
ein Kämmerchen. Im Zimmer 23 sind bisher nur zwei
Kinder untergebracht, dort könntest du schlafen. Du
wirst sehen, ihr werdet hervorragend miteinander aus-
kommen."

Sie lächelte abermals. Mew stieß sauer auf.

„Am Ende des Ganges ist ein Waschraum, dort kannst du erst einmal ein Bad nehmen, während ich dein Bett beziehe und dir deine Kleidung gebe. Alle Kinder tragen hier das Gleiche, weil wir alle eine große, glückliche Familie sind."

Der Junge nickte verständnisvoll. Der Waschraum stand offen. Er sah, dass bereits ein Waschzuber mit Wasser für ihn bereitstand. Er verschloss die Tür hinter sich und entledigte sich seiner zerlumpten Kleidung. Dann nahm er eine Waschbürste und schrubbte den Dreck der Jahre von seiner Haut. Anschließend wusch er sich abermals seine Hände und sein Gesicht. Es fiel ihm zunehmend schwer, der Sache trotz aller Widrigkeiten mit gleichbleibender Griesgrämigkeit entgegenzublicken. Ein wohliger Schauer breitete sich in ihm aus. *Nicht übel!* Er fühlte sich wie neugeboren. Über einem Bügel hing ein großes, weiches Handtuch, mit dem er sich abtrocknen konnte. Vorsichtig öffnete er danach die Tür einen spaltbreit und spähte prüfend nach draußen. Miss Ashford hatte seine ordentlich gefaltete Garderobe vor der Tür abgelegt. Es war eine Art Seemannszwirn mit Matrosenmuster, der jedenfalls kaum von gutem Geschmack zeugte, ihm allerdings zum ersten Mal in seinem Leben anständige Sachen am Leib bieten konnte... und das genügte vollends. Als er zurück auf den Flur trat, sah er bereits viele andere Kinder dort herumlaufen. Tatsächlich! Alle trugen die gleiche Aufmachung wie er. Niemand begrüßte ihn, keiner nahm Notiz von ihm. Er suchte nach der Tür mit der Nummer 23. Sie war unverschlossen. Dahinter lag eine kleine, heimelige Stube mit drei Betten; einem Hochbett und einem Einzelbett. Das Hochbett war bereits belegt. Darauf saßen ein kleiner, schmächtiger Junge mit einer großen Brille und ein dicklicher Junge mit blonden Haaren.

„Hallo", stammelte er. „Ich bin Bartholomew..."

Viel mehr gab es ja kaum zu sagen.

„Ja", strahlte der Junge mit der Brille, „Miss Ashford war vorhin hier und hat das Bett dort bezogen".

Er wies mit seinen dürren Fingern auf das Einzelbett.

Der Junge stand auf und gab ihm die Hand.

„Theodore Smith."

Der dicke Junge schloss sich ihm an und reichte Mew ebenfalls seine Hand.

„Ich bin Hans. Meine Eltern kamen aus Koblenz; sie waren Kommunisten und mussten deswegen mit mir nach Großbritannien fliehen. Als mein Vater gestorben ist, hat meine Mutter mich hierher gebracht."

Er machte ein Geräusch, das wie der Anflug eines

Schluckaufs klang.

„Da war ich sechs."

Theodore, der Junge mit der Brille, ergänzte:

„Meine Eltern kamen aus Glasgow. Sie haben mich in einem Hotel gelassen, weil sie eine Geschäftsreise machen mussten, doch der Zug ist entgleist... seitdem bin ich hier."

Bartholomew nickte wissend. Sie alle teilten eine ähnliche Vergangenheit. Die anderen so nüchtern, so schmerzfrei darüber reden zu hören, tat irgendwie gut.

„Ich kenne meine Eltern nicht einmal. Seit ich denken kann, lebe ich auf der Straße... bis man mich erwischt hat. Der Constable hat mich hierher gebracht."

Er ließ sich auf sein Bett fallen. Es war weich, fast schon zu schön, um wahr zu sein. Niemand sagte mehr etwas, eine ganz und gar nicht unangenehme Stille entstand.

„Also.. wann gibt es denn hier Mittagessen?"

„In einer halben Stunde", antwortete Hans.

Theodore nickte, um die Aussage seines Freundes zu bestätigen.

„Zu den Mahlzeiten ertönt eine Glocke, dann müssen sich alle Kinder in Zweierreihen im Flur aufstellen. Wenn Miss Longwood das Signal gibt, marschieren wir die Treppe hinunter in den Essenssaal. Meistens fällt das Essen hier aber nicht besonders üppig aus, es gibt oft altes Brot oder Fisch... zu trinken gibt es immer nur Wasser."

Er seufzte.

„Aber ich bin froh, dass ich wenigstens nicht verhungern muss."

Als auf die Sekunde genau ein kleines, schrilles Glöckchen läutete, stürmten Hans und Theodore in den Flur, wo sich bereits eine lärmende und tobende Menge an Jungen angesammelt hatte. Es mochten über fünfzig sein, schätzte Bartholomew staunend. Er kam sich vor wie ein Soldat in einer kleinen Armee, ob ihm das nun gefiel oder nicht, spielte ohnehin keine Rolle.

„Ruhe!", schrie auf einmal eine kreischende Stimme dazwischen.

Es war Miss Longwood, und sie schien vor allem damit beschäftigt zu sein, die ausgelassenen Kinder in Schach zu halten. Die meisten waren jünger als Mew, im Alter zwischen zwölf und dreizehn.

„Aufstellen!"

Sofort verstummte das Stimmengewirr. Alle Kinder ordneten sich brav in Zweierreihen an. Bartholomew stellte sich neben einen kleinen Jungen mit Pausbäckchen und Knopfaugen, den er nicht kannte. Im

Gleichschritt marschierten die Kinder die Treppe hinab, bis sie in den Flur kamen, einmal um die Ecke bogen, dem Korridor folgten und durch eine Tür in einen hohen, großen Saal traten, den Essraum. Dort war eine lange Tafel aufgedeckt worden, Tisch an Tisch, Stuhl neben Stuhl, und für jeden war aufgedeckt worden. Miss Ashford brachte einen Topf mit dampfender Suppe und stellte ihn auf dem Tisch ab. Dann brachte sie eine Blechplatte mit Kohlrouladen, gefolgt von einer großen Schüssel mit Kartoffeln. Die Kinder nahmen Platz, jeder nach Lust und Laune. Stammplätze gab es anscheinend nicht. Mew setzte sich zwischen Hans und Theodore, die Jungen aus seinem Zimmer. Während des Essens unterhielten sie sich über ihre Vergangenheit, ihre Zukunftspläne, über das Wetter und über das Essen. So schlimm, wie die beiden es ihm berichtet hatten, schien es nicht zu sein. In Wahrheit war Bartholomew Bloomfield froh über jeden Bissen, den er nicht zu stehlen brauchte.

„Ich werde später nach Amerika auswandern", kündigte Theodore selbstbewusst und vollkommen ungefragt an, und seine viel zu große Brille rutschte dabei von seiner Nase. Er rückte sie wieder zurecht.

„Warum denn das?", hakte Mew mit vollem Mund nach. Er verputzte gerade seine dritte Kohlroulade.

„Weil dort jeder die gleichen Chancen hat."

Mew nickte bloß, um nicht vollkommen teilnahmslos zu erscheinen. Seine ungeteilte Aufmerksamkeit galt den Speisen auf seinem Teller.

Um acht Uhr abends durfte kein Kind sich mehr auf dem Korridor blicken lassen; um neun Uhr musste bereits das letzte Licht gelöscht werden. Bartholomew, der gelernt hatte, über lange Zeit ohne Schlaf auszukommen, lag noch wach, als Hans und Theodore schon schnarchend an der Matratze horchten. Er versuchte es mit „Schäfchen zählen". Da er aber eigentlich gar nicht mal so gut im Rechnen war, zählte er sicherlich das eine oder andere doppelt. Als er dann ungefähr beim neunhundertneunundneunzigsten Schaf angekommen war, fielen seine Augen zu und er versank tief im Reich der Träume.

Am nächsten Morgen wurde er durch die sich überschlagende Stimme Theodores geweckt, der in Windeseile seine Uniform anzog. Mew hatte noch niemals in seinem Leben so gut geschlafen, und entsprechend mürrisch war er, das frisch errungene Bett so schnell wieder aufgeben zu müssen. Als Hans und Theodore schon in den Waschraum geeilt waren, kämpfte er sich mühsam aus seiner angenehm schweren Decke heraus. Er streckte sich gähnend und rieb den Schlaf aus seinen Augen. Schlaftrunken trottete er den beiden hinterher, nachdem er sein leinenes Nachtgewand gegen den Matrosenanzug eingetauscht hatte. Der Waschraum war entsprechend überfüllt, die Kinder lärmten und kreischten wie Wilde. Trotzdem schien sich hier keiner um etwas zu streiten, wie er es von den Kindern der Gosse gewohnt war. Hier waren alle gleich, hatten die gleiche Vergangenheit, trugen das Gleiche und besaßen allesamt, was auch alle anderen besaßen. Er wusch sich und putzte sich die Zähne. Der Junge betrachtete sein Gesicht im Spiegel. Er sah aus wie ein völlig neuer Mensch. Ein zufriedenes Lächeln stahl sich auf sein Gesicht. Hier erging es ihm gut. Niemand versuchte hier, jemand anderem sein Essen zu stehlen. Und niemand prügelte sich um läppische Brotkrumen. Hans winkte ihm aus dem Flur heraus zu und bedeutete ihm, sich zu beeilen, als plötzlich die Essensglocke läutete und die Jungen aus allen Richtungen herbeiströmten, um sich zu formieren. Miss Ashford führte den Marsch an. Das Procedere war ihm mittlerweile geläufig. Die lange Tafel war heute *wirklich* nur spärlich gedeckt, ein paar Krüge Wasser standen bereit für den allgemeinen Durst und ein paar Laibe ungenießbaren Brotes. Bevor sich auch nur irgendjemand darüber beschweren konnte, flogen die Türen auf, und Miss Longwood, die sich in ein viel zu enges Kleid gequetscht hatte, betrat den Saal an der Seite eines stattlichen Mannes. Der Mann war einen guten Kopf kleiner als die Leiterin des Waisenhauses, dafür aber von äußerst kräftiger Statur und einer gesunden Gesichtsfarbe, die seine markanten Wangenknochen gut unterstrich. Er besaß eine spitze Nase und ordentlich gekämmte, glatte Haare, die bereits einen Ton von Grau aufwiesen. Auf seiner Oberlippe wuchs ein gepflegter, französischer Schnurrbart. Ein hochgewachsener, schlacksiger Mann mit einem ausdruckslosen Gesicht, tiefliegenden, matten Augen und einem schütteren Haarkranz begleitete die beiden. Er schien eine Art Bediensteter zu sein. Miss Longwood erhob die Stimme, und alle Anwesenden verstummten sofort.

„Kinder!"

Ihr strenger Blick machte allen unmissverständlich klar, dass falsches Betragen schwere Folgen nach sich ziehen würde.

„Ich bin überaus stolz, hier und heute den Generalkonsul der Französischen Republik begrüßen zu dürfen, Mister Gustave Lafayette. Bevor er nach Edinburgh kam, war er Delegierter der französischen Botschaft in London."

Keiner der Jungen außer Theodore, der mit leuchtenden Augen wie gebannt auf den Botschafter starrte, schien daran besonderes Interesse zu zeigen; und dennoch besaßen sie allesamt genügend Anstand im Leibe, um Stillschweigen zu bewahren und Respekt zu zollen.

„Er ist heute hier, um sich selbst ein Bild von den Zuständen in dieser Institution zu machen."

„Danke, gnädige Frau", sagte der Diplomat in geschwollenem, aber gänzlich akzentfreiem Englisch. Schweigend patrouillierte er die Reihen der Kinder entlang, die sich nun wie zu einer militärischen Übung aufgestellt hatten. Keiner wagte es, auch nur mit der Wimper zu zucken.

„Du, dort. Tritt vor, Junge. - Nein, der andere."

Er deutete auf Mew. Gustave musterte ihn mit nichtssagender Miene.

„Wie heißt du, mein Junge?"

„Bartholomew, Sir", stammelte dieser. Dann fügte er leise hinzu: „Bartholomew Bloomfield."

„Wie alt bist du?"

„Ich weiß es nicht, Sir."

Lafayette zog eine Augenbraue hoch.

„Du weißt es nicht..? Erleuchte mich!"

„Ich- ich habe keine Familie, und niemanden, der die Jahre für mich zählen konnte, als ich selbst noch nicht genug dafür gewusst habe."

„Wie lange bist du hier?"

„Einen Tag, Sir."

„Wo warst du vorher?"

„In der Gosse, Sir."

„Ein Straßenjunge also. Nun, sicherlich bist du kein gänzlich hoffnungsloser Fall. Ich will mich deiner annehmen."

„Mister Lafayette!", unterbrach die Waisenhausleiterin schockiert. „Der Junge ist praktisch ein wildes Tier! Die Säufer haben ihn aufgezogen. Die hohen Kreise, in denen Sie verkehren, und Ihr hohes Haus, also die Manieren, die es zu erlernen gilt... lasst mich ihm Vernunft und Benehmen einbläuen, dann können wir sicherlich..."

Sie rang nach Worten.

„...den Rahmen des Möglichen evaluieren."

„Ich bin ein großer Pädagoge", sagte der Staatsmann ein wenig hochnäsig. „Ich will sehen, ob ich den Jungen noch schmieden kann, oder ob sein Feuer schon verglommen ist." Und dann verkündete er: „Ich wäre bereit, die Formalitäten noch vor meiner Abreise zu klären."

Miss Longwood lächelte aufgesetzt. Sie schien sichtlich überrumpelt. Theodore Smith warf Mew durch die Gläser seiner Brille hindurch einen neidischen Blick zu.

„Bist du damit einverstanden, Junge?", fragte der Diplomat kühl.

Bartholomew war vollkommen sprachlos. All das war so unwirklich, er wusste nicht ob er lachen, weinen, sich freuen oder Angst haben sollte. Eine Mischung aus all diesen Gefühlsregungen würde wohl am ehesten beschreiben, was ihm da gerade durch den Kopf ging. Miss Ashford wurde angewiesen, die Kinder zurück in die Schlafkammern zu geleiten, während Monsieur Lafayette mit Miss Longwood in ihrem Arbeitszimmer verschwand.

Nach etwa einer Dreiviertelstunde öffnete sich plötzlich die Tür zu Zimmer 23 und der Bedienstete des Generalkonsuls holte den mit klopfendem Herzen wartenden Bartholomew. Hans verabschiedete ihn beglückwünschend, doch Theodore sprach kein Wort mit ihm. Er nannte es „einen unausstehlichen Glücksfall, dass gerade ein Neuankömmling ausgewählt wird". Von seiner anfänglichen Freundlichkeit war keine Spur geblieben, und Mew wusste nicht einmal, ob er es ihm wirklich verübeln konnte. Vor der Tür des Waisenhauses stand eine kleine Fiaker bereit, deren aufpoliertes Holz im Licht schimmerte und glänzte. Der stumme Diener nahm auf dem Kutschbock Platz und ergriff die Zügel des müden Gauls, der bis dahin mit hängendem Kopf vor sich hin gedöst hatte. Miss Longwood hob ihn hinauf. Die Sitze des Gefährts waren mit Nerzpolstern bespannt. Kurz darauf setzten sie sich in Bewegung, durchfuhren Straßen und Gassen. Edinburgh zog an ihnen vorbei wie ein steinerner Traum, graue Häuser und steinerne Paläste, Spaliere von Laternen und Brücken. Das Generalkonsulat der französischen Republik lag etwa eine halbe Stunde vom Waisenhaus entfernt in den Räumlichkeiten des *Randolph Crescent*, einem halbmondförmigen Palais im Westen der Stadt. Vor der schlichten Fassade wehte die blau-weiß-rote *Trikolore*.

„Ich diene der Dritten Französischen Republik durch die Gnade des Volkes auf britischem Boden. Als Generalkonsul ist es meine Aufgabe, die Interessen meiner Nation an erste Stelle zu setzen und in die Politik der Stadt zu integrieren", erklärte Monsieur Lafayette, während er den eingeschüchterten Jungen keines Blickes würdigte. Der Bedienstete brachte die Fiaker zum

Stehen und erhob sich elegant. Er half ihnen, auszusteigen. Ein kleines Mädchen, etwa einen Kopf kleiner als Bartholomew, das in einem edlen Kleid aus Pariser Seide steckte und dessen kastanienbraune Haare zu Zöpfen geflochten waren, stürmte hinaus und kam unweit von ihnen zum stehen. Sie musterte sie mit ihren großen, eindringlichen Augen, die die Farbe von schimmerndem Bernstein besaßen. „Meine Tochter", sagte Gustave, ohne die geringste Emotion zu offenbaren.

Er schien ein durch und durch ernster Mann zu sein. „Ihr Name ist Désirée. Ihr werdet euch gut verstehen, auch wenn sie ein stilles und zurückhaltendes, braves Kind ist."

Das Mädchen ging einen Schritt auf sie zu, die Arme schüchtern verschränkt. Bartholomew fand, dass sie aussah wie ein Engel, alles an ihr. Die Mädchen, die er aus der Gosse kannte, waren bärbeißig und gemein, schlugen, traten, kniffen und spuckten. „Sei so gut und reiche dem jungen Mann die Hand, Désirée, Schatz."

Sie nickte folgsam und tat wie ihr geheißen. Dann entfernte sie sich augenblicklich. Der schweigsame Diener, der sich schließlich mit Albert vorstellte, führte den Jungen durch das altehrwürdige Anwesen. Durch das massive, säulengetragene Hauptportal, in das der Leitspruch der Dritten Französischen Republik eingelassen war - *Liberté, Égalité, Fraternité* - betraten sie ein kleines Treppenhaus, ganz in weiß gehalten, mit goldenen Stuckornamenten an der Decke. Große Fenster ließen Tageslicht hinein, und eine imposante Freitreppe, deren Handläufe in hölzernen Bärenköpfen ausliefen, führte hinauf.

„Dort befindet sich das Arbeitszimmer des Monsieur Lafayette. Er darf nicht gestört werden."

Der Dienstmann führte ihn unter der Treppe hindurch in einen kleinen Korridor, der sich schließlich gabelte.

„Links befindet sich die Bibliothek und das Kaminzimmer des Generalkonsuls. Auch dort erwünscht er keine Kinder. Rechterhand befinden sich die Schlafgemächer der Familie Lafayette."

Er bedeutete Mew, ihm zu folgen. Drei Türen befanden sich dort, zwei davon waren verschlossen.

„Ihr Bett werde ich im Gästezimmer einrichten, wenn es genehm ist."

Er öffnete die Tür behände. Leise quietschend schwang sie auf und gab den Blick auf den Raum dahinter frei. Das Fenster war offen, und die einströmende Luft brachte die strahlend weißen Vorhänge zum

Flattern. Ein großes Himmelbett mit aufgeschüttelter Bettwäsche stand dort bereit, daneben ein Sekretär aus Zedernholz mit vielen Schubladen und einer Öllampe. Ein massiger Kleiderschrank füllte fast die gesamte Westwand aus.

„Lange schon hegte Monsieur Lafayette den Wunsch, einen Sohn zu haben. Folglich ist der Kleiderschrank aufs trefflichste gefüllt. Alles darin gehört fortan Ihnen. Ich empfehle dem jungen Herrn, ein Bad zu nehmen und gepflegt zum Abendessen zu erscheinen. Serviert wird um Punkt Sechs im großen Esszimmer. Sie können es nicht verfehlen, es liegt gleich am Ende des Ganges."

Er verabschiedete sich galant, wie es Sitte war. Bartholomew Bloomfield ließ sich auf sein neues Bett fallen. Alle Unsicherheit und Sorge fiel von ihm ab. Hier war er nun, einsamer als je zuvor.

Drei

Als Mew um sechs Uhr abends das Speisezimmer betrat, war er nicht wiederzuerkennen. Er steckte in einem piekfeinen Anzug mit Stehkragen und Fliege, wie es ihm von Albert auf Wunsch Monsieur Lafayettes aufgetragen worden war. Dieser hatte ihm außerdem ein wenig im Umgang mit den so wenig vertrauten Kleidungsstücken unter die Arme gegriffen. Die Familie saß bereits an einer langen Tafel, gedeckt mit einer derartigen Fülle an Speisen, wie Bartholomew sie sich nicht einmal in seinen kühnsten Träumen hätte ausmalen können. Der Konsul musterte den Jungen, die Hände in den Schoß gelegt, ohne den kleinsten Anflug einer Regung. Désirée, die Tochter des Diplomaten, saß schweigend zu seiner Rechten, die Hände gefaltet wie vor einem Gebet. Ihre Haltung war makellos, das wallende Haar gebändigt mit Schleifen aus Seidensatin. Sie starrte ihn immer noch mit dem gleichen, durchdringenden Blick an, und gab keinen Laut von sich. Niemand der beiden sprach ihn an. Ein Dienstmädchen zog brav seinen Stuhl vor und bedeutete ihm, Platz zu nehmen. Kurz darauf betrat Albert, der Diener, das Speisezimmer und servierte ein Silbertablett mit einer Flasche Wein, den Kindern reines

Quellwasser und Nektar aus verschiedensten, teuren Früchten.

„Ich nehme den Bourgogne Château", verkündete Lafayette trocken.

„Eine gute Wahl, Monsieur", bekräftigte der Bedienstete und füllte sein Glas zum einem Drittel an. Das Glas mit dem Wasser stellte er behände neben den Tellern aus Delfter Keramik ab, von denen sie aßen. Darauf war ein großer Dreimastsegler mit der Aufschrift *Utrecht* zu sehen, der im seichten Wasser vor dem Hafen von Batavia ankerte. Das Besteck bestand aus purem Silber. Nie hatte Bartholomew vergleichbaren Luxus gesehen. Auch wenn... alles ihm so überaus herzlos vorkam. Es fehlte das Herz, es fehlte das Menschliche, das merkte selbst *er* als Gossenkind. Die Umgangsformen waren höflich, aber kühl, und ließen keinen Platz für auch nur irgendetwas anderes. Alles schien einem strikten Ablauf zu folgen, der sich wieder und wieder erneuerte, Tag für Tag. Von einem Augenblick auf den nächsten hatte Bartholomew schon ein großes Lachsfilet mit Weißweinsoße und Trüffeln vor sich liegen. Albert füllte sein Glas bis zum Rand mit Johannisbeernektar an. Mew war erstaunt, zu was die Tätigkeit des Essens in diesen Kreisen erhoben worden war: zur Kunst, zum Statussymbol. Für einen Jungen, der seit seiner Geburt auf den Straßen von Edinburgh gehaust hatte, schien dies beinahe unbegreiflich zu sein.

„Ich habe dich zu einer Schule in South Queensferry angemeldet. Wir wollen sehen, ob man dir die sträfliche Unwissenheit nicht noch austreiben kann."

Lafayette schaute ihn nicht an. Es war, als würde er mit irgendjemand anderem reden, nur nicht mit Bartholomew.

„Die *Royal Elizabeth Tudor Academy* steht unter der Leitung der gewissenhaften Miss Cunningham-Redford. Ich selbst habe mich ihrer Methoden vergewissert."

Désirée sah für einen Moment auf. Dann senkte sie sofort wieder den Kopf und verfiel in dieselbe Stille zurück, die ihr schon die ganze Zeit zu eigen gewesen war.

„Ab Montag wirst auch du diese Institution besuchen. Albert wird sämtliche Formalitäten für dich erledigen, auch die Angelegenheit mit den Materialien."

Er räusperte sich.

„Ich erbitte, dass du um spätestens acht Uhr abends die Nachtruhe hältst. Ich bin ein vielbeschäftigter Mann."

Mit diesen Worten erhob er sich und verließ den

Raum. Seine Tochter folgte ihm auf dem Fuße.

„Soll ich dir helfen mit dem Geschirr..?", fragte er das Dienstmädchen hilfsbereit.

Diese musterte ihn verwundert. Ohne ihm zu antworten, machte sie sich an die Arbeit. Seufzend ließ er sie stehen.

Am Montagmorgen weckte ihn das Zimmermädchen noch früher als gewöhnlich. Er sprang aus dem Bett und streifte seine neue Schuluniform über, ein dunkelblaues Marinehemd mit langen Ärmeln, bestickt mit dem Wappen der Akademie: einer roten Tudorrose auf weißem Grund. Albert hatte bereits eine Fiaker eingespannt und den beiden Zugpferden das Zaumzeug angelegt. Auch Désirée Lafayette, die still und schweigsam blieb wie immer, musste eine Schuluniform tragen, die bei Mädchen aus einer weißen Strumpfhose, einem Rock und einer blauen Strickjacke bestand. Die Fahrt nach South Queensferry verlief an und für sich einigermaßen ereignislos und ruhig, doch Bartholomew staunte über die bisher ungekannte Schönheit und Ruhe der Natur, die seine Heimatstadt umgab. In der Ferne erhob sich *Arthur's Seat*, der Hausberg, der einem schlafenden Riesen glich. Ein majestätischer Schauer fuhr ihm bei diesem Anblick über den Rücken.

South Queensferry war ein kleiner Fleck auf der Land-
karte, nicht mehr als eine winzige Ortschaft mit vereinzelten Häusern und einem kleinen Hafen, von dem
der Blick über den gesamten *Firth of Forth* reichte. Die
Royal Elizabeth Tudor Academy war ein kleines Land-
haus mit einem gepflegten, englischen Rasen und einem kahlen Hof, auf dem an einem hohen Fahnen-
mast die *Union Jack* flatterte. Albert brachte das Ge-
fährt zum Stehen. Miss Cunningham-Redford, eine
junge, aber kaltherzig aussehende Schreckschraube mit
einem strengen Haarknoten am Hinterkopf, erwartete
sie bereits.

„Willkommen an der Akademie, Bartholomew, nunmehr Lafayette. Du wirst dich daran gewöhnen müssen, dass hier ein jeder, Lehrer wie Schüler, höflich mit
dem Nachnamen angeredet wird. Haben wir uns verstanden, Lafayette?"

Er nickte eingeschüchtert.

„Ja, Miss", antwortete er kleinlaut.

„Sehr gut. Bitte begleite mich in das Klassenzimmer."

Die Schule war recht klein, und trotzdem über alle
Maßen diszipliniert. Die Schüler schienen die Rekto-
rin regelrecht zu fürchten. Etwa zwölf Mädchen bilde-

ten die eine Klasse, die sechs Jungen, die allesamt aus hohem Hause stammten, die andere. Der Lehrer, ein bärtiger, kauziger Mann mit einer dicken Brille auf der Nase, rief ihn unwirsch nach vorne.

„Schüler, begrüßt mit mir unseren neuen Kameraden. Sein Name ist Bartholomew Lafayette."

Die übrigens Knaben begrüßten ihn in einem Chor heller Stimmen.

Der Lehrer stellte sich als Mr Croydon vor und gebot ihm, Platz zu nehmen. Die erste Stunde wurde in Mathematik abgehalten. Bald jedoch begann ihn die stetige Multiplikation und Division, das Bruchrechnen und Wurzelziehen zu langweilen. Er betrachtete den Jungen neben sich, ein kräftiger Kerl mit rundem Gesicht und vor Pomade triefenden Haaren. Im Laufe des Unterrichts erfuhr er, dass der Junge Abraham Ambrosius hieß. Als es zur Hofpause läutete und die Kinder, Jungen wie Mädchen, sich im Innenhof versammelten, sah er, wie Abe schnurstracks auf Désirée zusteuerte. Die beiden redeten ein wenig, und er konnte beobachten, wie sie ihn sichtlich auf Abstand hielt. Er jedoch folgte ihr auf Schritt und Tritt und schien sie in irgendeiner Weise zu belästigen. Mew spürte solch eine unbändige Wut in sich, dass er geradewegs auf den Jungen zuging und ihn zur Rede stellte. Dieser musterte ihn unbeeindruckt.

„Was willst du von mir, Lafayette? Ich darf tun und lassen, was ich will, und das hat niemand in Frage zu stellen. Erst recht nicht du, *Vagabund*. Du bist keiner von uns."

Bartholomew schnaubte, und er gab sich Mühe, sich zusammenzureißen.

„Désirée verehrt mich geradezu, ist es nicht so, mein Blümchen? Willst es nur nicht zugeben."

Honigsüß lächelnd wandte er sich an sie. Sie schüttelte wild den Kopf.

„Das tue ich nicht, und das weißt du auch! Lass mich in Ruhe, Ambrosius!" Sie schien neuen Mut geschöpft zu haben durch den Beistand, den er leistete.

„ICH TUE, WAS ICH WILL!" Er stieß sie zu Boden. Ohne darüber nachzudenken, holte Bartholomew aus und schlug Abe die Knöchel seiner Faust dermaßen hart ins Gesicht, dass seine Nase unmittelbar anfing zu bluten. Mit schmerzverzerrtem Gesicht lag er am Boden und schrie um Hilfe wie eine feige Ratte. Miss Cunningham-Redford kam angelaufen.

„Was ist hier passiert?", keifte sie in strengem Tonfall und stemmte die Hände in die Hüfte.

„Er... er hat mich geschlagen! Ohne Grund! Ganz mit Absicht, ich versprech's!"

Abes weinerliche Stimme überschlug sich fast. Ohne Bartholomew zu Wort kommen zu lassen, bohrte sie ihm ihre spitzen Fingernägel in seine pochenden Ohren.

„Du kommst mit mir, bösartiger Unruhestifter!"

Nachdem Bartholomew durch Mr Croydon zwanzig Rohrstockhiebe auf den Hintern erhalten hatte, wurde der Generalkonsul über das Betragen seines Ziehsohnes in Kenntnis gesetzt. Da er ein vielbeschäftigter Mann war, schickte er Albert vorbei, der ihn mit einer Kutsche abholte. Als sie den *Randolph Crescent* erreichten, setzte der Bedienstete den Jungen darüber in Kenntnis, dass Monsieur Lafayette im Kaminzimmer des Hauses auf ihn wartete. Missmutig durchschritt er den Korridor und öffnete die Tür. Der Diplomat blickte ihm mit erstarrter Miene entgegen.

„Eine Schande", murmelte er. „Am ersten Tag. Man sollte meinen, dass es einem Jungen in diesem Alter gelingen sollte, sich so zu betragen, dass er keine Schande über die Menschen bringt, die sich seiner erbarmt haben und ihn von ihrer Tafel speisen lassen."

„Aber Sir, ich habe doch nur... es war ja alles nur wegen...", stotterte er.

„STILL!", unterbrach Gustave ihn forsch. „Ich will

kein Wort mehr hören. Du wirst vom Abendessen ausgeschlossen werden. Ich will dich nicht mehr sehen."

Er holte aus und verpasste ihm eine klatschende Ohrfeige. Seine Wange brannte, und dann schlug die andere Hand zu.

„Jetzt geh, und wage es nicht mehr, mir unter die Augen zu treten."

Die Tränen zurückhaltend, schloss er sich leise ein und ließ sich auf sein Bett fallen, bis er es wagen konnte, sich nicht mehr zu verstecken. Eine Träne nach der anderen rollte über seine schmerzende Wange, und in Gedanken verfluchte er diesen verlogenen Abe Ambrosius. Dann, schließlich, als er einsah, dass es keinen Sinn hatte, über Vergangenes und Unabänderliches zu weinen, zwang er sich zu schlafen, obwohl es erst später Nachmittag war.

Als Bartholomew Bloomfield wieder aus seinem unruhigen Schlaf erwachte, stellte er zuerst einmal drei Dinge fest. Erstens, dass sein Magen knurrte, und zweitens, dass es draußen bereits dunkel geworden war. Sanftes Mondlicht fiel durch seine Fensterscheibe. Drittens herrschte solch eine unnatürliche und bedrückende Stille, dass es ihm erschien, als würde er seinen eigenen Herzschlag hören können. Vorsichtig schloss er seine Zimmertür auf und warf einen Blick auf den Flur. Niemand war zu sehen. Da fasste er einen Entschluss, der sein ganzes Leben verändern sollte. Er war kein verhätschelter Lafayette, der immer feine Kleidung tragen musste und dem die köstlichsten Speisen schier hinterher geworfen wurden. Er war ein *Bloomfield*, schön und wild und frei wie eine blühende Aue im Sommer, und er wollte für sein Essen *kämpfen*. Selbst wenn er wieder im Türrahmen fremder Häuser nächtigen musste, er wollte um jeden Preis dieses schreckliche Haus verlassen. Mucksmäuschenstill schlich er den Korridor entlang, ohne den kleinsten Laut von sich zu geben. Als er im Treppenhaus angekommen war, verharrte er einen Moment unter der Freitreppe und lauschte. Nichts geschah. Stille, wie er sie noch niemals zuvor erlebt hatte. Nicht einmal ein Vogel war zu hören, keine Pferde, keine Passanten. Mew wagte es, sich in das Entree voran zu pirschen und öffnete behutsam die Tür. Auf den Straßen von Edinburgh wehte ein laues Lüftchen, und er sog den frischen Sauerstoff tief in seine Lungen ein. Die Straßen waren wie ausgestorben. Niemand. Keine Menschenseele. Langsam aber sicher überkam ihn echte, tiefe Beklemmung. Edinburgh war anders als sonst.

Diese Stadt schlief *niemals*.

„Hallo?", rief er, so laut er konnte.

Niemand antwortete ihm. Und noch einmal:

„Hallo?"

Nichts geschah. Schnellen Schrittes machte er sich auf den Weg zur Princes Street, wo eigentlich immer irgendjemand zu finden war. Doch auch hier: niemand. Kalter Schweiß trat ihm auf die Stirn, er sah sich um, erst langsam, dann immer hektischer, wie getrieben lief er von Haus zu Haus, hämmerte an die Türen, schrie, doch nichts geschah. Wie aus dem Nichts berührte eine warme, zarte Hand seinen Rücken. Er fuhr herum und schaute in das nunmehr ängstlich dreinblickende Gesicht Désirée Lafayettes.

„Wo... wo sind alle? Wo ist mein Papa?"

Sie atmete schwer.

„Ich weiß es nicht", gab er zu. „Das alles erscheint mir überaus seltsam."

Sie fiel in seine Arme, klammerte sich an ihn. Er konnte ihren aufgebrachten Herzschlag spüren.

„Hallo?", ertönte eine Kinderstimme, weit entfernt zwar, aber hörbar.

„Hier sind wir!", rief Bartholomew und winkte wie ein Wilder.

„Hierher!"

Zwei kleine Gestalten kamen auf sie zu.

„B-b-Bartholomew?!"

Die beiden Kinder strahlten. Es waren Theodore und Hans, seine Kumpanen aus dem Waisenheim. Theodore hielt eine gesprungene Laterne in seiner Hand.

„Ihr seid es!", rief Mew freudig aus. „Woher kommt ihr denn?!"

„Nun, als wir mitten in der Nacht aufwachten, war es totenstill im Waisenhaus von Miss Longwood. Nicht nachtstill. Es war unnatürlich still. *Beängstigend* still. Ich kann es gar nicht in Worte fassen... Also schlichen wir uns auf den Korridor und sahen in die Zimmer - und fanden alle Betten leer vor! Da machten wir uns auf den Weg in die Stadt, um zu sehen, was da passiert sein könnte... alle Straßen sind wie leergefegt. Edinburgh ist *tot*."

Sie beschlossen, zu viert durch die Straßen zu ziehen und zu sehen, ob sie noch weitere Verbliebene finden konnten, jedoch erfolglos.

„Ich habe vollkommen die Orientierung verloren", murmelte Hans missmutig. Theodore hielt die Laterne in die Luft.

„Abbey Mount", meinte er trocken, nachdem er sich kurz umgeschaut hatte. „Ecke Easter Road."

Von irgendwo her drang ein ungleichmäßiges, dumpfes Stampfen zu ihnen. Der Schwerfälligkeit der Schritte nach zu urteilen konnte es sich unmöglich um ein Kind handeln.

„Habt ihr das gehört?", flüsterte Theodore argwöhnisch.

„Ja", antwortete Mew.

„Vielleicht gibt es ja noch andere, die zurückgelassen worden."

„Hallo?", rief Mew probehalber, die Hände vor dem Mund zum Sprachrohr geformt. „Hallooo?"

Das Stampfen war verstummt. Es raschelte, und Désirée schrie. Zwei Gestalten bauten sich vor ihnen auf, in der Dunkelheit nur als verwaschene Schemen zu erahnen. Als sie ins Licht traten, konnte Mew die Einzelheiten ausmachen: Sie trugen matte Halbhelme, die ihr Gesicht mit Schatten verhüllten, und verbeulte, glanzlose Rüstungen. In der Hand hielten sie seltsame Kurzschwerter, die wie aus einer anderen Zeit zu stammen schienen. Die Krieger brüllten etwas in einer seltsamen Sprache, die die vier nicht verstanden, und kamen dann, sie mit wildem Schwertgefuchtel begrüßend, langsam näher und näher. Die Kinder rückten zusammen, und die wimmernde Désirée klammerte sich an Mews Arm. Sie zitterte wie Espenlaub, als plötzlich eine dritte Gestalt von einem der Hausdächer hinuntersprang und direkt auf einem der beiden Angreifer landete. Er trieb ihm sein Schwert in den Hals und widmete sich danach dessen Kameraden. Die beiden lieferten sich ein kurzes Duell, doch schließlich lag auch der zweite am Boden. Der Mann schritt auf die Kinder zu. Er war mittelgroß und von kräftiger Statur, hatte einen angedeuteten Bart, ein ernstes Gesicht und trug ein leichtes Kettenhemd und einen knielangen Schottenrock.

„Wer waren diese Männer?", fragte Mew mit gebrochener Stimme. Er zitterte am ganzen Leib.

„Achäer aus dem antiken Hellenien. Unliebsame Zeitgenossen, fürwahr."

Der Mann sprach in einem altmodischen und geschwollenen Englisch.

„Gestattet, dass ich euch meinen Namen nenne, Kameraden. Mein Name ist William."

Er deutete auf die beiden Männer, deren Körper tot am Boden lagen.

„Seht, sie verschwinden bereits. Ihr neues Leben war von kurzer Dauer."

Tatsächlich begannen die beiden Krieger, in Sekundenschnelle zu altern. Die Haut fiel ihnen von den Wangen und löste sich ab, und schließlich zerfielen auch die Knochen zu Staub. Es war ein grausam anmutendes Schauspiel. William ließ seinen Blick schweifen.

„Regieren die Angeln immer noch über unser Reich?"

„Das tun sie", erwiderte Theodore trocken und rückte seine Brille zurecht. „Unser König ist Edward VII, der Kaiser von Indien."

„Oh welche Schmach!", klagte William. „Frei soll unser Land sein, frei wie ein Vogel, von den Highlands bis zum Hadrianswall!"

Sehnsüchtig starrte er in die Ferne und schwelgte in Nostalgie und Heimatliebe. Bartholomew, der endlich seine Stimme wiedergefunden hatte, sprach als Erster.

„Was... was geht hier vor? Da ist doch was faul!"

William musterte ihn abschätzend.

„Ihr werdet die Wahrheit erfahren, mutiger Held. Kommt mir mir, ich werde Euch beizeiten alles erklären."

Der Mann im Kilt führte sie, die Hand aus Vorsicht stets auf dem Heft des Schwertes ruhend, aus dem Stadtzentrum heraus. In einem Hof unweit der Flussquerung des Dean Village brannte ein heimeliges, kleines Lagerfeuer. Daneben saß ein glattrasierter, kleinwüchsiger und etwas dicklicher Mann mit einem Dreispitz und einer Uniform, über und über mit Orden behangen, der sich die Hände wärmte. William begrüßte ihn freundlich. Der Mann sprach sehr gutes Englisch mit einem leichten französischen Akzent. Als Désirée erkannte, dass der Mann Franzose war, kamen die beiden aus dem ausgelassenen Plappern gar nicht mehr heraus. So aufgetaut und frei heraus erzählend hatte Mew sie bisher noch nie erlebt, trotz all der fürchterlichen und absonderlichen Dinge, die in dieser Nacht bereits geschehen waren. „Er sagt, er ist Napoleon Bonaparte, der Kaiser von Frankreich und rechtmäßiger Herrscher von Europa... ich glaube eher, er ist ein wenig wirr im Kopf."

Theodore kicherte, doch Bartholomew blieb ernst. Er sah herüber zu William, der sein Schwert vom Blut der Achäer reinigte.

„Napoleon, irgendwelche Wilde, die uns an den Kragen wollen... was passiert hier? Bitte erklärt mir doch endlich alles!"

Er atmete schwer. William legte sein Schwert beiseite und rollte mit den Augen.

„Man sollte ja meinen, dass ihr Lebenden Magie erkennt, wenn ihr sie vor euch seht. Wenn es sich allerdings um Magie handelt, so will ich wetten, dass es ein ganz fauler Zauber ist, da könnt ihr sicher sein. Die Wahrheit ist, dass ich selber nicht genau weiß, warum ich hier bin und nicht DORT."

„Dort..? Und was bitte meinen Sie mit *Ihr Lebenden*?"

„Nun, ich will es dir verraten, kleiner Quälgeist. Sofern du die Wahrheit auch vertragen kannst..."

Er wandte seinen Blick von Bartholomew ab und schaute hinauf in den Nachthimmel, wo der Mond schien.

„Ich komme aus der *Unterwelt*.

Und aus irgendeinem Grund wurden die Rollen jetzt getauscht. Der Schleier ist aufgehoben."

„Der Unterwelt..!?"

Bartholomew verstand kein Wort.

„Die Welt der Toten, das *Pandæmonium*, das Jenseits! Wie auch immer man es nennen mag. Dort, wo die Sonne niemals scheint und die Seelen ihr ewiges Schattendasein fristen. Durch eine Art magischen Nebelschleier waren wir seit Ewigkeiten von eurer Welt, der Welt der Lebenden, abgeschnitten, doch aus unerfindlichen Gründen hat er sich, nun ja... *verdünnisiert* und alle Einwohner *dieses* Landes gegen die Toten ausgetauscht."

„Bedeutet das, dass alle Lebenden jetzt im Reich der Toten gelandet sind?"

Die Geschichte wurde absurder und absurder, doch was blieb ihm denn anderes ernsthaft übrig, als diesem seltsamen Fremden glauben zu schenken?

„Das will ich meinen, ja. Allerdings frage ich mich, warum ihr vier als einzige noch in dieser Welt wandelt."

Mew, der ein wenig gebraucht hatte, um all das erst einmal zu verdauen, war mit einem Mal wie vom Blitz getroffen.

„MOMENT MAL! Sie behaupten, Sie wären tot?"

„Solange ich mich nicht täusche, ja. Enthauptet durch die Angeln."

„Enthauptet? Sie... sie sind William... William Wallace!"

„So nannte man mich in ihrer Sprache."

Er spuckte aus.

„Und dieser Mann.. ist Napoleon Bonaparte, die Geißel des ganzen Kontinents?"

„Ja, leibhaftig, solange man das bei einem Toten so sagen kann. Aber ich bürge dafür, dass er sich während seines Aufenthalts im Lande der Toten ordentlich gebessert hat. Wahrlich, er ist ein ganz umgänglicher Kerl geworden."

Bartholomew rauchte der Kopf. Das alles erschien ihm zu absurd, zu grotesk, schlichtweg lächerlich. Er konnte diese Ammenmärchen unmöglich für bare Münze nehmen, doch tief in seinem Inneren wusste er, dass dieser Mann wirklich Wallace war, und dass alles, was hier passierte, so real war wie er selbst und alles um ihn herum.

„Wissen Sie wirklich nicht, wodurch Sie aus dem Jenseits befreit wurden?"

Er staunte darüber, wie skurril seine eigenen Worte klangen.

„Eine Störquelle muss den Schleier umgepolt haben, und sie muss sich hier in Edinburgh befinden, sonst würden wir nicht hier gelandet sein", meinte Napoleon und widmete sich wieder dem Lagerfeuer.

„Wir Geister - wenn du verstehst, was ich meine - spüren alles Übernatürliche, das sich im gesamten Umkreis befindet. Wartet, ich muss mich konzentrieren."

William schloss die Augen und machte den Eindruck eines Hundes, der die Witterung aufnahm.

„Nach Westen!", rief er plötzlich, und Désirée, Theodore und Hans horchten gleichzeitig auf. Sie alle rannten ihm hinterher, doch es war schwierig, mit dem gut konditionierten Mann mitzuhalten. Bartholomew knirschte mit den Zähnen. Die Fährte führte sie direkt vor die Tür der heruntergekommenen *Whitehall Manor*.

„Kennst du dieses Haus?", fragte Napoleon sachlich.

„Ja... es gehörte einem... Freund... von mir."

Bei dem Wort *Freund* drehte sich ihm der Magen um.

Die Tür stand offen. Im Inneren war es düster wie immer, und die vereinzelten, heruntergebrannten Kandelaber spendeten trostlosen Schein. Die Reichtümer und Schmuckstücke, die sich der schmierige Gauner im Laufe der Jahre zusammengetragen hatte, waren in einer kleinen Ecke des Raumes gestapelt. Die Möbel waren staubig und zerfressen von Holzwürmern.

„Hier ist jemand...", sagte William und zog sein Schwert. „Ich spüre es..."

„AHA!"

Bonaparte zerrte ein schmächtiges, zittriges Bündel Mensch unter dem Tisch hervor.

„Bitte tut mir nichts", weinte Lord Chamberlain. „Bitte tut mir nichts, nein, nein, nein!"

„Kennst du ihn?", fragte er erneut.

Bartholomew nickte.

„Ein gieriger Schuft, nichts weiter."

„Aber Bartholomew, mein Freund!", flehte er mit honigsüßer Stimme. „Wo du doch immer von mir Geld bekommen hast, wenn du in Not warst und unerträglichen Hunger verspürtest!"

„Drei lächerliche Schilling für eine goldene Taschenuhr! Erzähl du mir nichts von Großzügigkeit!"

Er genoss es, ihn jetzt für das zur Rede stellen zu können, was er selbst über die Jahre hatte erdulden müssen, weil er keine andere Wahl gehabt hatte.

„Du kannst sie haben!", quietschte er ängstlich.

„Nimm sie, sie liegt in der Schublade des Sekretärs!"

Triumphierend öffnete Mew die Schublade und zog die kostbare Uhr heraus. Sie hatte keinen einzigen Kratzer erlitten. William stürzte auf ihn zu.

„Das ist die Störquelle, ich spüre es!"

Er drehte sie in seinen Händen hin und her und betrachtete sie, bis er plötzlich erstarrte.

„Was ist?!", rief Désirée unglücklich.

„Die Uhr trägt die *Hand der Fatima*."

Er deutete auf die Gravur mit der Hand und dem lidlosen Auge.

„Sie gehört dem Namenlosen."

Er ließ die Uhr aufklappen und betrachtete das edle Ziffernblatt.

„Sie hat einen Sprung! Die Uhr ist stehengeblieben!"

„Was bedeutet das?", fragten Hans, Theodore, Mew und das Mädchen wie aus einem Munde.

„Nun", sagte der Korse, „diese Uhr gehört dem Herrn der Zeit. Irgendwie wurde sie ihm wohl entwendet, und nun hat sie unglücklicherweise einen Sprung abbekommen... in ihrem Herzen trägt sie einen Splitter vom unvergänglichen Zeitenbaum, in dessen Ästen jeder Zeitstrang dieser Welt verwoben ist. Ihre Zerstörung hat die Befreiung der Toten bewirkt."

William packte Chamberlain am Kragen und hob ihn in die Luft.

„Was hast du mit der Uhr angestellt?!", brüllte er.

„Sie... sie ist mir heruntergefallen! GNADE!", winselte er stotternd.

Bartholomew erinnerte sich an den edlen Herren im Anzug.

„Ihn trifft keine Schuld", sagte er plötzlich.

Was tat er da? Er hasste diesen Mann!

„Ich alleine trage die volle Verantwortung. Ich habe die Uhr gestohlen."

Vier

Wortlos schritt William auf ihn zu und legte die Hand auf seine Schulter.

„Was ich dir jetzt berichten werde, wird dich nicht erfreuen. Ich werde dich nicht schelten für das, was du tatest, aber es ist deine Pflicht, die Uhr zum Namenlosen zurückzubringen."

„Sie... Sie meinen, ich muss ins Reich der Toten hinabsteigen?"

Alleine beim Gedanken daran schüttelte er sich.

„Ich werde dich begleiten. Mein Schwert wird dir allzeit Rückendeckung gewähren, das verspreche ich." Wallace erhob seine Hände zum Schwur. Désirée nahm Bartholomews Hand in ihre. Sie waren eiskalt.

„Ich werde dich ebenfalls begleiten, *mon frère*. Wohin der Weg uns auch führen mag."

Napoleon lächelte und rückte seinen Dreispitz zurecht. „Meine Tage im Exil damals auf Saint Helena waren schrecklich, öde und reizlos. Damals schwor ich mir, wenn sich mir jemals wieder die Chance auf ein wahres Abenteuer bieten sollte, werde ich sie ergreifen. Verdammt noch mal, sogar eine wahre *Française* ist dabei! Es ist meine Pflicht, diesem Schwur folge zu leisten."

Er zückte seinen Säbel, dessen Schneide im Kerzenlicht blitzte. Hans und Theodore versprachen ebenfalls, ihn treu zu begleiten, was auch geschehen möge.

„Wie gelangen wir dorthin?", fragte Theodore Smith plötzlich.

Darüber hatte Mew sich noch keine Gedanken gemacht, wie ihm schmerzlich bewusst wurde. Wallace deutete aus dem Fenster heraus gen *Holyrood Palace*, wo der Berg Arthur's Seat bedrohlich aufragte wie eine alte, verfallene Festung.

„Dort oben sind wir erwacht, nachdem wir aus unserem Grab befreit wurden. Dieser alte Berg ist das Portal in eure Welt."

„Wie viele wart ihr..?", fragte Bartholomew beunruhigt.

„Ich würde die Anzahl auf etwa hunderttausend schätzen."

„Ungefähr so viele, wie Edinburgh Einwohner hat", murmelte Theodore. „Also beschränkt sich die Störung des Schleiers auf die Stadtgrenzen."

„Unten in London weiß man wahrscheinlich noch gar nichts von dem Schicksal der Menschen hier", schlussfolgerte Hans treffend.

William nickte.

„Wir sollten uns auf den Weg machen."

„Kann man... kann man als Lebender einfach zwischen den Welten wechseln?", fragte Désirée missmutig.

„Wir müssen es herausfinden", antwortete er trocken. Das beruhigte sie in keinster Weise. Bevor sie aufbrachen, kramten die vier Kinder in den angehäuften Schätzen der Whitehall Manor nach brauchbaren Waffen. Theodore und Hans fanden zwei klobige Bowiemesser, Désirée einen walisischen Dolch mit einer keltischen Drachengravur und Bartholomew einen indischen Khatar, der mit kryptischen Mantras verziert war. Er steckte die Uhr in die Brusttasche seiner Schuluniform und gab gut acht, dass sie nicht verloren ging. Lord Chamberlain, der während der Unterredung schlotternd und zähneklappernd in der Ecke gehockt hatte, wurde gezwungen, mit ihnen zu kommen. William führte die kleine Schar.

Der Aufstieg auf den Berg erwies sich als außerordentlich anstrengend; es dauerte fast eine ganze Stunde, bis sie den Gipfel erreichten. Atemlos deutete Bartholomew gen Horizont. Nur ein paar Schritte von ihnen entfernt hatte sich ein Gebilde aufgetan, wie sie es noch nie zuvor gesehen hatten: da ging ein Riss durch den Himmel wie durch ein Blatt Papier, und jenseits davon gab er den Blick frei auf die *andere* Welt. Blitze zuckten bedrohlich knisternd in seinem direkten Umfeld. Der Riss war etwa haushoch und schwebte einen halben Meter über dem Felsgestein. Mit einem Schlag wurde ihnen die Sicht auf das übersinnliche Spektakel genommen: Ein Mann schob sich in ihr Blickfeld und stellte sich ihnen dreist in den Weg. Er war hochgewachsen und hager, hatte eingefallene Wangen und rotes Haupt- und Barthaar. Seine Kleidung war schmutzig und an einigen Stellen notdürftig geflickt worden, doch sie erweckte den Anschein, als habe sie einst einen hochgestellten Edelmann aus gutem Hause bekleidet: kniehohe Stiefel aus Leder, ein Filzschlapphut mit breiter Krempe und Zierfeder und eine ausladende Halskrause über einem goldbestickten Wams.

„Wohlan, Kameraden, wohin führet euch der Pfad? Die Straßen sind tückisch in dieser uns so fremd gewordenen Welt."

„Ich wüsste nicht, was Euch unsere Angelegenheiten angehen. Wer seid Ihr, der Zöllner?"

Bonaparte hielt ihm seinen Säbel an die Kehle.

„Geht mir aus dem Weg."

Der Fremde lächelte charmant und schob die Klinge ohne die geringste Beunruhigung von sich weg.

„Ich bin Sir Francis Drake, Freibeuter im Dienste Ihrer Majestät Elizabeth I, der Königin von England, Kapitän der *Golden Hind* und leibhaftiger Schrecken aller Spanier."

„An Worten scheint es Euch nicht zu mangeln, Engländer", spottete William. „Doch nun beweist mir, wie gut Ihr mit dem Schwerte umgehen könnt."

Der Freibeuter zückte sein Florett und setzte es ihm in Sekundenschnelle an die Brust.

„Ich weiß, was Ihr vorhabt", zischte er in sein Ohr. „Doch ich schwöre Euch, bei Gott, ich werde leben! Verdammt noch mal... ich werde leben. Niemand von euch wird mich jemals in diese teuflische Einöde zurückschleifen können."

William drängte ihn zurück.

„Wir müssen es tun. Diese Welt ist nicht die unsere. Wir haben unser Leben gelebt, und ich kann nicht zulassen, dass diese Menschen, die noch alles vor sich hatten, nun unsere Plätze einnehmen mussten. Seht es ein, Sir, unsere Tage sind vorbei. Lasst uns passieren, damit Frieden in diese Stadt einkehren kann."

„Niemals!", geiferte Drake. „Nicht solange noch ein gottverdammter Spanier auf dieser Erde wandelt! *Hatalmas király!*"

Nachdem er diese seltsamen Worte ausgesprochen hatte, trat ein großer Mann mit Spitzbart und jungenhaftem Gesicht zu ihm, der ein einfaches Kettenhemd, einen Umhang aus Lammwolle und einen Halbhelm trug. Er war in Begleitung von zehn grobschlächtigen, grunzenden Hünen mit bärtigen Gesichtern.

„Wer sind diese Männer?", fragte Désirée lauter, als sie vorgehabt hatte.

„Liebes Kind", lächelte Sir Francis Drake, „diese Krieger sind die Magyaren unter Führung ihres Großfürsten Árpáds, der Geißel Europas."

„Frechheit", murmelte Napoleon Bonaparte. „Ich bin und war die einzige Geißel."

„*Támadás!*"

Die Ungarn schritten blutrünstig grinsend auf sie zu, die Äxte geschultert.

„Lauft!", rief William, als er sich auf den ersten von ihnen stürzte. Er trennte ihm den Kopf sauber vom Hals ab und warf ihn seinen Kumpanen entgegen, die ihm - ohne eine sonstige Regung zu zeigen - abgeklärt auswichen. Napoleon stach einem anderen seine Säbelspitze zwischen die Rippen. Die Kinder flohen, so schnell sie konnten.

„Zum Portal!", rief Mew. „Wir müssen es alleine schaffen!"

Er nahm Désirée bei der Hand und rannte mit ihr zum magischen Tor.

„Bist du wahnsinnig?", rief Hans, doch keine zwei Sekunden später nahm er dann doch seine Beine in die Hand und schloss zu ihnen auf. Ohne zu überlegen, nahmen sie Anlauf, schlossen die Augen und...

...sprangen.

Ein gewaltiger Ruck durchfuhr sie, dann wurde alles still. Sie schienen in der Luft zu schweben, jenseits von Raum und Zeit, und ihre Augenlider wurden schwer wie Blei. Ein stechender Schmerz durchzuckte ihre Körper, als ob sie barfuß auf glühenden Kohlen laufen würden, und dann fielen sie. Kein tiefer Sturz, vielleicht zwei Meter, und sie landeten auf weichem, körnigen Sand. Bartholomew öffnete die Augen als Erster. Er rappelte sich auf und klopfte den Dreck von seiner Kleidung. Die Anderen taten es ihm nach. Ein Raunen durchfuhr die vier Kinder. Sie befanden sich am Rande eines gewaltigen Talkessels und hatten einen guten Blick auf die Landschaft, die sich unter ihnen erstreckte. Und was war das für ein grotesker Anblick! Die Seen waren pechschwarz und lagen still wie Öl, die Wälder waren blattlos, ausgestorben und trostlos. Der Himmel, der sich am Horizont erstreckte, hatte eine eigenartige Farbe angenommen, der das Sonnenlicht wie durch schmutziges Glas filterte. Alles schien sterbenskrank auszusehen, melancholisch und ungesund.

„Das Pandæmonium...", flüsterte Theodore.

„Ist deine Uhr in Ordnung?", fragte Mews Ziehschwester ihn besorgt.

Dieser holte sie hervor und begutachtete sie mit prüfendem Blick.

„Alles in Ordnung", berichtete er.

Vor ihnen zog sich ein endlos langer Sandweg entlang, der sich im Horizont zu verlieren schien und hinab ins Tal führte. In der Ferne, am anderen Ende des Kessels, ragte ein hoher Tafelberg auf, auf dessen Gipfel, als kleiner Punkt nur zwar, aber deutlich zu erkennen, ein Tempel thronte. Er glich dem Parthenon in Athen, mit dem Unterschied, dass er aus purem Marmor errichtet worden war.

„Der Thron des Namenlosen", meinte Hans ehrfürchtig und klang dabei fast so, als hätte er sein ganzes Leben darauf gewartet, diesen zu sehen, und nicht erst vor etwa zwei Stunden zum ersten Mal von ihm gehört.

„Spürt ihr diese unsägliche Stille?", klagte Désirée Lafayette. „Was für ein schrecklicher Ort..."

Sie berieten darüber, was als nächstes zu tun war. Bartholomew schlug vor abzuwarten, ob Napoleon und William auch das Portal durchschreiten würden, um ihnen vielleicht den richtigen Weg durch diese Einöde zu weisen. Er erinnerte sich daran, was mit den Leichen der Achäer passiert war... sie waren zerfallen, zu Staub. Das Schicksal eines Toten, der zum zweiten Mal sterben muss. Wenn ihre Weggefährten im Kampfe gefallen waren, mochten sie hier eine Ewigkeit vergebens auf sie warten. Eine *Ewigkeit*. Er schauderte bei dem Gedanken. Die übrigen drei hingegen waren dafür, keine Zeit zu verlieren und einfach dem Pfad zu folgen da er der einzige „offizielle" Weg zu sein schien und sie nicht wussten, ob das Portal jeden auch zu jeder Zeit an der gleichen Stelle landen lassen würde. Schließlich musste Mew nachgeben, und sie folgten alle gemeinsam dem Pfad.

Der Abstieg war steil und rutschig, doch mit ein bisschen Balancieren, Vorsicht und Abwägen gelang es allen, sicher das Tal zu erreichen. Nach einer Weile kamen sie an eine Weggabelung, als sie bemerkten, dass sie mit der Zeit von immer dichter werdenden Nebelschwaden umhüllt worden waren.

„Seid mir gegrüßt, Wanderer! Ich bin Janus, der Herr der Entscheidungen und der Kreuzwege. Wohin soll euch die Reise führen?"

Irgendjemand sprach von irgendwoher mit schrecklicher, schallender Stimme zu ihnen.

„Er hat zwei Köpfe!", flüsterte Hans schlotternd, als sich die furchteinflößende Gestalt langsam aus dem Dunst schälte. Sie war beinahe durchsichtig und waberte in der Luft umher, ohne jemals den Boden zu berühren, und selbst ihre Kleider schienen aus Wasser oder flüssigem Glas zu bestehen. Doch am schrecklichsten waren die beiden Köpfe, einer nach rechts, einer nach links blickend, auf ein und dem selben Hals. Mew trat vor.

„Wir suchen den Tempel des Namenlosen, um ihm seine Uhr zu bringen."

„Ihr Narren!", lachte Janus. „Wisst ihr denn nicht, dass niemand den Namenlosen je von Angesicht zu Angesicht schauen durfte?"

„Was soll uns daran hindern?"

Die Kreatur lachte abermals höhnisch auf.

„Der Tempel wird bewacht von einem Sturm aus Dschinn, die ihn umkreisen, Tag und Nacht, und jeder, der diesen Kreislauf auch nur einem Finger zu unterbrechen wagt, wird ihnen unverzüglich in Stücke gerissen."

„Was sind Dschinn?", fragte Hans zögernd.

„Ihr müsstet sie kennen. Auch in eurer Welt erzählt man sich Geschichten über ihre Grausamkeit und

Boshaftigkeit. Es heißt, selbst der Namenlose hätte Angst vor ihnen. Sie sind Gestalten der Finsternis, geflügelte Unholde aus dem Süden mit messerscharfen Pranken und Lefzen."

„Gibt es denn keinen Weg, unbeschadet an ihnen vorbeizukommen?", ächzte Theodore skeptisch.

„Dumme Frage", sagte der Herr der Kreuzwege spöttisch. „Natürlich nicht, dafür sind sie ja da."

Dann fügte er hinzu, fast flüsternd:

„Aber da es um das Herz des Schleiers geht, will ich euch das Geheimnis verraten. Nehmt den rechten Weg, dort werdet ihr an einer dunklen Felshöhle vorbeikommen. Sie beherbergt die Hand der Fatima, ein mächtiges Amulett aus reinem Gold. Wer es um den Hals trägt, kann den Lauf der Dschinn durchschreiten, ohne von ihnen auch nur angerührt zur werden."

Dann verschwand er so plötzlich wie er gekommen war, und nichts deute darauf hin, dass er je dagewesen war. Schweigend befolgten die vier den Rat, den ihnen der Herr der Kreuzwege erteilt hatte, und folgten dem rechten Pfad. Nachdem sie etwa anderthalb Stunden bloßen Fußmarsch hinter sich gebracht hatten, bemerkten sie, dass die ohnehin schon spärlichen letzten Sonnenstrahlen über diesem Reich der Finsternis erloschen waren. Sie beschlossen, ein Nachtlager einzurichten, und betteten sich auf ihren Pullovern und Schuluniformen. Hans wurde dazu bestimmt, die erste Nachtwache zu halten. Mit einem mulmigen Gefühl in den Knochen war es ihnen trotz allem bald gelungen, immerhin in einen leichten, wenn auch wenig erholsamen Schlaf zu fallen. Bartholomew träumte, wie er in einer Halle stand, umgeben von Dunkelheit, gemustert von tausenden von Augenpaaren, die aus allen Ecken auf ihn nieder schauten, als er von einem groben Ruck geweckt wurde. Jemand schüttelte an ihm.

„H-H-Hans? Was zur Hölle soll das?"

„Sie sind da!", sagte er freudestrahlend. „Sie sind da, steh auf, sie sind da!"

„Beruhige dich", gebot Mew, richtete sich auf und rieb sich den sandigen Schlaf aus den Augen. „Wer ist da?"

„Na, wer schon, du Dummerchen! William und Napoleon!"

Sofort sprang er auf.

„Wo sind sie? Ich muss sie sehen!"

Die beiden saßen an einem prasselnden Lagerfeuer, das etwas Behaglichkeit in der eisigen Nachtkälte spendete. Theodore und Désirée saßen bei ihnen und brieten etwas Fleisch, von dem er lieber nicht wissen wollte, woher es stammte, provisorisch auf abgestorbenen Ästen und Stöcken aufgespießt. Williams Hand war mit einem blutigen Verband behandelt worden, und Kleidung der Neuankömmlinge war dreckig und löchrig.

„Setz dich zu uns, Freund!", sagten sie dennoch feierlich, als sie ihn erblickten. Hans und Bartholomew nahmen Platz auf einem morschen Baumstumpf, der unter ihrem Gewicht bedrohlich ächzte. Erst jetzt bemerkte er Lord Chamberlain, der abseits des Feuerscheins vor sich hin vegetierte und stur ins Leere starrte. Der durchtriebene Tunichtgut war kreidebleich und würdigte ihn keines Blickes. Neben ihm hockte ein unförmiges Bündel, gefesselt mit Hanfseilen.

„Wer ist das?", fragte Mew erschrocken.

„Francis Drake", erklärte Wallace stolz. „Wir nahmen ihn gefangen, nachdem wir seine ungarischen Handlanger besiegt hatten. Hat gewimmert wie ein Schlosshund, aber jetzt ist er friedlich wie ein Lamm, ist es nicht so, *Drakey-Boy*?"

Diese Frage wurde mit einem störrischen Grunzen quittiert.

„Wir sprangen durch das Portal, sobald wir konnten. An der Weggabelung haben wir den guten alten Janus getroffen, und er erklärte uns, dass ihr euch für den rechten Weg entschieden hättet. Was brachte euch dazu? Ihr wisst doch, dass der linke zum Tempel hinaufführt, oder hat euch der gemeine Betrüger etwa in die Irre geführt?"

„Im Gegenteil", entgegnete Theodore. „Er hat uns aufgetragen, die Hand der Fatima zu bergen, damit wir den Tempel unbeschadet betreten können."

„Die Hand der Fatima? Ihr müsst wahnsinnig sein! Kein Abenteurer, der nach ihr gesucht hätte, hat sie je gefunden! ...was vor allem daran liegt, dass noch niemand ernsthaft nach ihr gesucht *hat*. Allein schon aus Angst heraus nicht! Niemand weiß, was dort haust. Wir mögen zwar längst tot sein, aber sterben? Das wollen wir nicht nochmal."

Er machte eine wegwerfende Handbewegung.

„Denn wer kann schon wissen, ob es überhaupt ein Leben *nach* dem zweiten Tod gibt?"

„Es hilft nichts", meinte Bartholomew entschlossen. „Ich habe die Uhr gestohlen, und deswegen bin ich allein verantwortlich für ihr Schicksal."

Wenig später machte sich die ungleiche Gemeinschaft auf den Weg ins Ungewisse. Nach etwa einer halben Stunde machte Napoleon am Wegesrand einen grausigen Fund. Dort türmte sich ein riesiger Haufen von

Menschen auf, die sich nicht rührten. Es mochten hunderte sein. Désirée fühlte den Puls eines jungen Mannes, der dem Menschenberg obenauf lag. „Das Herz schlägt unentwegt, doch sie sind erstarrt. Das Schicksal derjenigen, deren Leben sie auf dem Weg hierher noch nicht loslassen wollte. Ihre Zeit ist noch nicht abgelaufen, und so liegen sie hier... im Geiste noch irgendwo zwischen den Welten, wie schlafend. Was sie wohl träumen?" Sie wandte sich von dem seltsamen Anblick ab. Während sie wanderten, stießen sie auf zahlreiche dieser eigentlich noch nicht ganz so toten Grabhügel. Bartholomew wurde das Herz schwer, und doch bekräftigte es ihn auch, seine Aufgabe zuende zu führen. Als der Tag sich allmählich zur Nacht wandelte, stießen sie endlich auf eine dunkle Höhle in einem zerklüfteten, mausgrauen Felsen. Hier riss der Pfad ab. „Ich werde alleine gehen", sagte er. „Das ist eine Aufgabe für einen Dieb."

Fünf

Waghalsig schritt Mew mitten hinein in die Dunkelheit. Die letzten bleichen Sonnenstrahlen, die ihn noch auf seinen ersten Schritten begleitet hatten, waren nun schon nicht mehr zu sehen, und so umschloss ihn ab jetzt erdrückende Finsternis. Angstschweiß trat ihm in feinen Perlen auf die Stirn, und er umklammerte den indischen Khatar in seiner Hand noch ein wenig fester. In der Ferne erklang ein tiefes Röhren, wie von einem riesenhaften Elch. Bartholomew tastete sich so gut es ging an der klammen Höhlenwand entlang, so wie er es immer in der Kanalisation von Edinburgh getan hatte. Das gab ihm zwar ein auf seltsame Art und Weise beruhigendes Gefühl von Vertrautheit, das dennoch aber nicht verhindern konnte, dass er irgendwann vollends die Orientierung verlor. In der Ferne wälzte sich ein massiger Körper durch die Felstunnel. Erneut hallte das gurgelnde Röhren von den Wänden wieder. Irgendwann, als er fast meinte, dem Wahnsinn anheim fallen zu müssen, wenn er noch länger ohne Sicht und ohne Gewissheit hier herumirren würde, stieß er mit dem Gesicht geradewegs gegen eine schleimige, eiskalte Wand aus Fleisch und Hornhaut. Sein Atem ging heftiger. Es gab kein Vorbeikommen an diesem Wesen. Er nahm allen Mut zusammen, kniff die Augen zu und rammte den Khatar mit der Spitze in das stinkende Fleisch. Der Geruch erinnerte ihn an einen halb vermoderten Fisch. Das Wesen brüllte auf, irgendwo in der Ferne, wo wahrscheinlich der Kopf sein musste, und schob sich weiter voran, wie ein endloser Zug an einem Bahnsteig. Als Bartholomew schließlich annahm, es war im Begriff, sich von ihm wegzubewegen, tauchte es diesmal von einer anderen Seite auf, aus einem ganz anderen Gang innerhalb des weit verzweigten Höhlensystems...

...und dieses Mal schaute er direkt in die hässliche, unförmige Fratze des Tieres. Der Körper erinnerte an den eines fetten Wurmes, und der Kopf war augenlos. Ein riesiges Maul mit mehreren verfaulten Zahnreihen tat sich vor ihm auf und brüllte wie eine ganze Horde Bären gleichzeitig. *Es kann mich nicht sehen,* dachte Mew. *Ich muss einfach ruhig sein. Still wie...* Aber ihm fiel kein passender Vergleich ein. Ohnehin, unwichtig! Auf leisen Sohlen schlich er sich nämlich näher an das Untier heran und versetzte ihm einen kräftigen Hieb mitten in das widerwärtige Antlitz. Grünes, geleeartiges Blut quoll in schwergängigen Stößen aus der frisch beigebrachten Wunde hervor. Mit einem Ruck zog er die Klinge aus dem zähen Fleisch und wich blitzartig zurück, bevor das Tier nach ihm schnappen konnte. Brüllend hielt es den Kopf vor den seinigen, so nah, dass er die wutschnaubenden Atemstöße aus den Nüstern des Unwesens an seinen Wangen spüren konnte. Jetzt hieß es bloß nicht zögern! Er rammte den Khatar mitten hinein in den geöffneten Rachen. Bevor das fürchterliche Maul zubiss, hatte er den Arm zwar noch gerade rechtzeitig zurückziehen können... nur leider war sein Dolch nun verloren im finsteren Schlund. Er wusste, dass das, was er nun im Begriff war zu tun, entweder sein sicherer Untergang sein musste, oder gleichzeitig seine allerletzte Chance auf unverhoffte Rettung. Also riskierte er fest entschlossen, dass das Biest nun genau wusste, wo er war, und schrie mit letzter Kraft, so laut er konnte, um Hilfe. Dann wich sein Bewusstsein einer noch tieferen Schwärze als die, die ihn umgab. Die Schwärze der Ohnmacht.

Als er erwachte, dröhnte sein Schädel. Seine Schläfe pochte. Vorsichtig richtete er sich auf und stellte zufrieden fest, dass er noch nicht tot war. Eine weiche Haut strich über seine dreckverschmierten Wangen. Es war Désirée.
„Keine Sorge, Bartholomew. Die Gefahr ist gebannt.

Du meinst doch nicht, dass wir dich wirklich alleine in die Gefahr hätten laufen lassen!" Sie strahlte ihn an. „Wir sind dir heimlich in sicherem Abstand gefolgt, um deinen Stolz nicht zu verletzen. Am Ende war es ein echter Segen, dass wir in der Not so schnell bei dir sein konnten. Napoleon hat das Tier mit seinem Säbel erledigt."

Bartholomews Stimme versagte ihm den Dienst. Nicht ein einziges Wort konnte er noch über die Lippen bringen. Stattdessen schloss er sie fest in seine Arme, fast so, als wollte er sie nie wieder loslassen, und jede Anspannung verließ seinen Körper in einem einzigen, wunderschönen Moment ihrer Nähe. Eine einzige, kleine Träne rollte über seine Schläfe und sog sich voll mit Schmutz und Staub. Federleicht sank sie zu Boden und zersprang wie Glas.

„Alles ist gut", flüsterte sie in sein Ohr.

„Alles ist gut."

„Wo ist das Amulett?", rief William ärgerlich. „Dieser verdammte Janus! In der Hölle schmoren soll er!" Wütend hieb er mit dem Schwert auf den Kadaver ein, der aufgrund seines hohen Alters und der vielen Lebensjahre, die es abzubauen galt, um einiges länger brauchte, um zu Staub zu zerfallen.

„Der sicherste Ort...", murmelte Napoleon. „Schneide seinen Bauch auf. Mach schon."

William tat, wie ihm geheißen. Stinkende Gedärme traten aus dem Einschnitt heraus. Etwas blitzte auf.

„Heureka!", rief er freudig aus.

Vorsichtig barg er es aus dem widerlichen Brei, und dann fragte er erstaunt:

„Wie bist du nur darauf gekommen?"

Bonaparte lächelte. „Der sicherste Ort, das Amulett zu verstecken, ist der Körper des Tieres. So kann man nicht daran gelangen, ohne es zu töten."

„Oh!", machte Mew.

Er deutete auf die Uhr. Sie war anscheinend aus seiner Brusttasche gefallen und lag jetzt zertrümmert am Boden. Sorgfältig las er die Bruchstücke auf und steckte sie wieder ein.

„Hoffentlich hat das keine schlimmen Auswirkungen...", sagte Désirée kleinlaut.

„Macht euch keine Sorgen", entgegnete Wallace halb lustig, halb ernst. „Mehr Schaden kann sie ohnehin nicht mehr anrichten."

Als sie die Höhle verlassen hatten, wusch er das Amulett in einem öligen Bach und überreichte es Mew. Dieser betrachtete es erstaunt. Es war etwa so groß wie eine Kinderhand und aus purem Gold. Ein Auge aus

Jade war darin eingelassen, und es hing an einer filigranen Kette aus Eisen. Er hängte es um seinen Hals.

„Ich werde es hüten wie meinen Augapfel", versprach er hoch und heilig.

„Die Hand", raunte der Freibeuter ehrfürchtig.

Hans und Theodore hatten vor der Höhle auf sie gewartet und die beiden Gefangenen bewacht. Lord Chamberlain schien noch magerer geworden zu sein als vorher. Seitdem sie ihm die Fesseln angelegt hatten, hatte er sich vehement geweigert, auch nur einen Bissen anzurühren. Die Gefährten beschlossen, hier ihr Nachtlager zu errichten, Theodore hielt Wache. Den Übrigen fiel es in dieser Nacht auch nicht allzu schwer, zur Ruhe zu finden, jetzt, wo die erste Hälfte des Abenteuers bereits als bestanden galt.

Als der Morgen anbrach, fand er Désirée tief schlafend auf seiner Brust liegend vor. Sanft schob er ihren Kopf zur Seite und bettete sie auf seine Schuluniform, erhob sich und streckte sich gähnend. William war bereits wach und starrte mit besorgtem Ausdruck ins Leere.

„Was ist passiert?", fragte Mew.

„Dieser Mann, den du kanntest... ich habe ihn in der Nacht erwischt, wie er mit dem walisischen Dolch des

Mädchens umherschlich und sich an unseren Kehlen zu schaffen machen wollte, der Schuft... ich habe ihn, sagen wir, *erledigt*, bevor etwas ernsteres passieren konnte."

Er seufzte.

„Jetzt, wo die Grenzen zwischen Leben und Tod aufgehoben sind, ist er sofort zu Staub zerfallen... ich habe die Asche dahinten im Gehölz vergraben, um ihn trotz allem nicht zu entehren."

Bartholomew verspürte eine eigenartige Form von Mitleid. Er hatte diesen Mann nie gemocht, und darüber hinaus hatte er auch noch versucht, sie ihm Schlaf zu meucheln wie eine feiger Hund... und trotz allem tat er ihm leid. Sir Francis Drake beteuerte vehement, in der Nacht geschlafen zu haben (so gut das mit scheuernden Fesseln um die Handgelenke eben ging) und nichts von dem Mordgelüsten seines Mitgefangenen gewusst zu haben. Als dann alle wach waren, zogen sie mit leeren Mägen weiter. Napoleon erklärte, dass im Reich der Toten nie jemand zu essen oder zu schlafen brauchte, doch nun, wo die Welten sich vereinigt haben, hat sich alles geändert. Er seufzte.

„Dieser Hunger bringt mich um... fast hundert Jahre habe ich keinen Hunger mehr gehabt, ist das denn zu fassen!"

Da von ihrem Standpunkt aus kein Weg hinauf zum Tempel führen zu schien, beschlossen sie, den ganzen Weg zurückzugehen, bis sie wieder an die Weggabelung kamen. Am Abend hatten sie den Kreuzweg erreicht, doch Janus erschien nicht. Hans schlug vor, noch ein wenig weiter zu gehen, bis man das Nachtlager errichtete. Er fürchtete, dass Janus doch noch erscheinen möge, während sie schliefen. Offensichtlich hatte er eine große Angst vor dem kauzigen Wesen, was ihm auch keiner wirklich krummnehmen konnte. Désirée hingegen erklärte, dass es das Beste wäre, die Nacht durchzuwandern, damit sie am nächsten Morgen bereits den Tempel erreichen würden. Ihrer Meinung nach war es blanker Irrsinn, mit leerem Magen noch eine weitere Nacht auszuharren. Die anderen stimmten ihr ebenfalls zu, so dass sie sich schließlich doch wieder auf den Weg machten. Nach etwa drei Stunden Gewaltmarsch fiel Theodore zu Boden. Alles drehte sich um ihn, sein Kopf schmerzte, ihm war speiübel. Die Unterzuckerung machte sich bemerkbar. Für Mew war der Hunger ohnehin seit jeher ein ständiger Begleiter gewesen, aber die Kinder aus dem *Orphanage* waren gewohnt, drei volle Mahlzeiten am Tag auf den Tellerchen vor ihnen wiederzufinden. Désirée zum Beispiel, die ja noch weitaus erlesenere

Essgewohnheiten zu eigen hatte, schlug sich wiederum außerordentlich gut, oder ließ sich jedenfalls meisterhaft wenig anmerken. Nichtsdestotrotz pirschte sich William schließlich ins Gehölz, um zu jagen. Tatsächlich brachte er kurz darauf ein unförmiges, graufelliges Tier mit, das entfernt an einen Nager erinnerte. Ohne zu zögern nahm er es aus, häutete es und briet das Fleisch über einem eilig entfachten Lagerfeuer.

„Ich hoffe wirklich, dass euch so ein Festtagsbraten aus dem Pandæmonium nicht allzu arg die feinen Mägen verdirbt. Wäre jedenfalls auch nicht gerade wünschenswert, wenn am Ende mehr oben wieder rauskommt als ihr vor dem Essen noch im Magen hattet."

Nachdem sie einige Bissen genommen hatten, schien es den meisten jedenfalls wieder ganz gut zu ergehen. Nur Hans murrte, dass er noch Hunger hätte, doch darauf konnte nun beim besten Willen keiner mehr Rücksicht nehmen.

Aufgrund dieser Zeitverzögerung erreichten sie den Rand des Tales erst gegen Mittag des nächsten Tages. Mittlerweile missmutig und wortkarg machten sie sich an den Aufstieg. Als sie den Talkessel hinter sich gelassen hatten, war es bereits wieder Abend geworden, und der Himmel wurde in ein sanftes Zusammenspiel aus Rot und Gold getaucht. In der Ferne tauchte allmählich der Tempel auf, der ihr Ziel darstellen sollte. Von hier sahen seine unzähligen, trutzigen Säulenreihen noch weitaus imposanter aus. Ein beklemmendes Gefühl überkam Mew, und er beschloss zu singen, um die Sorgen zu vertreiben. Das einzige Lied, das ihm auf die Schnelle in den Sinn kam, war ein altes schottisches Volkslied, das er von den Kindern in der Gosse gelernt hatte.

Bonnie Lassie, will you go,
Will you go, will you go,
Bonnie Lassie, will you go,
To the birks of Aberfeldie!

Now summer blinks on flowery braes,
And o'er the crystal streamlet plays;
Come, let us spend the lightsome days,
In the birks of Aberfeldie!

Bonnie Lassie, will you go,
Will you go, will you go,
Bonnie Lassie, will you go,
To the birks of Aberfeldie!

The little birdies blithely sing,
While o'er their heads the hazels hing;
Or lightly flit on wanton wing
In the birks of Aberfeldie!

Bonnie Lassie, will you go,
Will you go, will you go,
Bonnie Lassie, will you go,
To the birks of Aberfeldie!

William, der das Lied noch nie zuvor gehört hatte, stimmte bei der Wiederholung des Chorus freudig mit ein. Für einen kurzen Moment vergaßen alle, welche wichtige Aufgabe ihnen zuteil geworden war. Nach dem anstrengenden Aufstieg, das letzte Stück des Berges hinauf, kamen sie an eine gigantische, in den Fels geschlagene Steintreppe, die von zwei mannsgroßen Gargoyles aus Jade flankiert wurde. In die Augenhöhlen waren Amethyste eingesetzt, deren Feuer sanft das Licht der Dämmerung brach. Das obere Ende der steilen Stufen verlor sich in den Wolken. Mit einem mulmigen Gefühl in der Magengegend übernahm Bartholomew die Führung. Die anderen taten es ihm nach. Die Treppe allerdings schien mit jedem Schritt zu wachsen, und ohne dass sie es bemerkten, waren sie alle um das zehnfache schneller geworden, um der rasanten Vergrößerung der Treppe entgegenzuwirken. Keuchend kamen sie zum Stehen.

„Ich kann nicht mehr", stöhnte Napoleon daraufhin.

„Nicht einmal der Winter auf meinem unsäglichen Russlandfeldzug war damals so hart wie diese Tortur hier. Ich befürchte, dass ihr ohne mich weitergehen müsst."

„Wohin denn *weiter*? Diese verfluchte Treppe ist verhext!", greinte Drake, der Freibeuter, der ohnehin widerwillig Teil dieser Reise geworden war. „Und sie führt nirgendwo hin außer in den Tod durch Erschöpfung. Wir sind alle müde."

„Es ist bloß in unserem Kopf", erklärte Désirée. „Wir müssen die Augen schließen, dann werden wir das obere Ende bald erreichen. Nur der Anblick entmutigt uns, und genau das soll uns täuschen. Gebt nicht auf."

Mit geschlossenen Augen, die schlechten Gedanken und den Zweifel aus ihren Köpfen verbannend, machten sie sich erneut auf den Weg. Sogar Napoleon, den die Worte des Mädchens an seinen Schwur erinnert hatten, fortan nie mehr auch nur ein einziges Abenteuer verweigern zu wollen, wagte einen neuen Versuch. Und sie sollte Recht behalten! Theodore stieß einen Jubelschrei aus, Hans lächelte bloß, Napoleon klatschte in die Hände, und William wandte sich zu dem jungen Mädchen und lobte sie für ihre großartige Erkenntnis: Mit ihrer Hilfe hatten sie das Plateau erreicht. Das Schauspiel, das sich ihnen nun bot, war unvergleichlich. Nun, wo sie Auge in Auge mit dem riesenhaften Portal des Tempels standen, erfassten sie erst seine ungeheuren Dimensionen. Sie mussten den Kopf in den Nacken legen, um bis zum marmornen Giebel hinaufschauen zu können. Der Palast des Namenlosen glänzte in derart strahlendem und makellosem Weiß, dass sie ihre Augen zukneifen mussten. Bartholomew wurde des reißenden Strudels aus dunklen Schemen und Schatten gewahr, die die Eingangstür umkreisten. Francis Drake, der ehrliche Besserung gelobte, bat darum, dass man seine Fesseln löse. Großmütig leistete Hans dieser Bitte folge.

„Der *lebendige Sturm*", bemerkte der Freibeuter kühl. Bartholomew versicherte sich, dass die Hand der Fatima noch um seinen Hals hing. Die scharfe Kette schnitt sich unter dem Gewicht des Amulettes in sein Fleisch.

„Ich werde gehen", sagte er plötzlich voller gespielter Entschlusskraft. „Kommt mit mir heran, so nah ihr gehen könnt. Vielleicht werde ich euch nicht wiedersehen."

Nun tobte die Wand aus rasenden Ungeheuern keinen Steinwurf vor ihrer Nase. Man konnte ihre kreischenden Kampfschreie hören, wie ein Schwarm von Krähen. Er reichte Hans und Theodore die Hand, um sich von ihnen zu verabschieden. Napoleon gelobte, für immer an seinen Heldenmut zu denken, und William versprach ihm, ihn ebenfalls nie zu vergessen. Désirée, die bis dahin etwas abseits gestanden hatte, konnte nicht mehr an sich halten. Sie fiel in seine Arme und gab ihm einen ersten, letzten, schüchternen, mutigen, erschütternden, beruhigenden Kuss. Dann ging alles ganz schnell. Sir Francis Drake, den niemand mehr so recht im Auge behalten hatte, schnellte aus der Menge hervor und stieß Désirée mit einem einzigen, kräftigen Hieb nach vorne. Schreiend versank sie in dem tödlichen Sturm, vergangen für immer. Bartholomew entfuhr ein stummer Schrei höllischer Qualen, tiefsten Entsetzens. Das Leben eines unschuldigen Mädchens, deren gutes Herz innerhalb kürzester Zeit, nach so vielen Jahren in Furcht, Ungewissheit und Dunkelheit, sein einziges Licht geworden war, genommen durch den Hass eines einzelnen, dessen Hände soviel Unrecht tun konnten. Sie war fort, ihr Leben, ihre Güte, ihre guten, tröstenden Worte.

Wie wichtig war sie ihm bloß geworden? All der Schmerz machte ihm das gnadenlos bewusst. Sein Herz, seine neu gewonnene, doch noch so zögerliche und erst schwach aufkeimende Hoffnung, mit einem Schlag zerborsten in tausend Fragmente.

Unrecht.
Unrecht.

Es gab keine Waage, die dieses Unrecht hätte bemessen können. Wie konnte das Leben, dieses zerbrechliche, reine, wundervolle Geschöpf, all ihre Gefühle, ihre Eindrücke, ihre Erinnerungen, auf der einen Seite stehen, und die Zerstörung all dessen in einem einzigen Augenblick auf der anderen? Wie konnte er jemals wieder Freude oder Frieden finden, wenn das Schicksal so gewissenlos wütete, wenn Engel sterben mussten, weil der Teufel die Verkommenen benutzt? Die Sekunden froren ein um ihn.

Innerhalb nur eines Momentes wurde William der Untat gewahr, zog sein Schwert und köpfte den Gewissenlosen, der sofort zu Staub zerfiel. Staub, den der leichte Wind verwehte. Mit pochendem Herzen wandte sich Mew von dem schrecklichen Schauspiel ab. Weinend sank er auf die Knie.

„Es.. es war meine Schuld", beichtete Hans mit gebrochener Stimme. „Ich habe seine Fesseln gelöst, weil er versprochen hat, Gefolgschaft zu leisten."

„Dich trifft keine Schuld", sagte Napoleon.

Er war kreidebleich.

„Diese... Kreatur."

Er spuckte verächtlich auf den Platz, an dem Francis Drake zu Boden gesunken war. Nichts war mehr von ihm geblieben außer Asche.

„Er wollte das ewige Leben, und als er wusste, dass alle Chancen verwirkt waren, tat er etwas, dass ein Mann nur in äußerster Verzweiflung tun würde. Er mordete ohne Grund, ohne Recht. Aber er wollte nicht nur das Mädchen töten."

„Désirée", sagte Bartholomew wutschnaubend. „Sie hieß Désirée. Sag ihren Namen."

„*Désirée...* Er wollte nicht nur sie töten. Er wollte dich töten. Das Herz in dir. Und mit ihm deinen Auftrag. Vergiss nicht, warum wir hier sind. Lass nicht zu, dass ihr Opfer umsonst war."

Mit erstarrter Miene erhob er sich und klopfte den Staub von seiner Kleidung.

„Du hast Recht. Ich muss es tun."

Er schloss die Augen und trat mitten hinein ins Auge

des Sturms, ohne sich auch nur noch ein einziges Mal umzudrehen. Um ihn herum schien eine Art Lichtsphäre zu schweben, ein Schutzbann, der ihn zu allen Seiten umschloss, und durch die durchsichtigen Wände konnte er wie durch Wasserfluten verzerrt und unstet sehen, wie die hässlichen Dschinn ihre dämonischen Gesichter gegen den magischen Wall drückten. Ihr Flügelschlag, ihr Kreischen, all das drang nur gedämpft zu ihm hindurch. Sie erinnerten ihn an Kinder vor der Schaufensterscheibe einer Konditorei. Vielleicht war er das ja für sie. *Fressen.* Er schauderte.

Mit einmal war alles vorbei, und Mew befand sich in einer hohen, kühlen Halle. Das Licht war verschwunden. Er ließ seinen Blick schweifen. Zwischen den Säulenreihen, die einmal rundherum verliefen, konnte er den lebendigen Sturm betrachten, der den Tempel wie eine Decke von der Außenwelt abschnitt. Alles war umgeben von einer tiefen Stille. Er atmete tief durch. Ein langer, purpurner Samtteppich verlief über den marmorgefliesten Boden. Er führte bis an das andere Ende des Saales, wo auf einem erhöhten Podest ein leerer, elfenbeinerner Thron stand. Zielsicher und unbeirrbar steuerte er darauf zu. Links und rechts wurde der Gang wie durch ein Spalier von übergroßen Figuren flankiert. Sie alle zeigten hagere, gesichtslose Gestalten in langen Kapuzenmänteln, überzogen mit Silber. Ihre Sensen bildeten eine Art Dach über ihm. Er verspürte den Drang, sich zu verneigen. Danach betrachtete er den atemberaubenden Thron: die Sitzfläche wurde von sorgfältig geschnitzten Skeletten getragen, deren Gesichter unter dem Gewicht zu ächzen schienen, und die Lehne stellte die Hand der Fatima dar. Auch hier war ein riesiges Jadeauge eingelassen worden. Bartholomew nahm das Amulett ab und legte es dem unsichtbaren Herrscher zu Füßen. Dieser lachte gütlich, gar nicht eindrucksvoll und mächtig. Er klang wie ein alter, gebrechlicher Mann.

„Herr des Totenreiches, ich bin gekommen, um Euch die Uhr zu bringen, die ich Euch entwendete. Ich hoffe, Ihr mögt mir verzeihen für den Schaden, den ich anrichtete."

„Die Uhr ist gespeist mit dem Splitter des Zeitenbaumes, auf dessen Wurzeln die Welt gegründet ist. Mit dem Tod der Uhr ist auch er verrottet."

Die Stimme schien von überall her und nirgendwo zu kommen. Sie hallte nicht von den Wänden, sondern sie sprach direkt in sein Ohr hinein, direkt in seinen Kopf.

„Ich sehe, du hast durch einen hinterlistigen Mord ein Mädchen verloren, das dir sehr viel bedeutet hat."

Er nickte.

„Ich... ich liebe sie."

Er war überrascht, wie eigenartig ihm dieses Geständnis vorkam. Er bewies es eher sich selbst als dem Namenlosen.

„Sie ist weder in dieser noch in deiner Welt zu finden, junger Mann. Sie lebt ein Leben, befreit von allen Zwängen, ohne Körper. Sie fliegt, und sie lebt und lacht, ohne essen, trinken und schlafen zu müssen. Für jeden sieht diese Welt zwischen den Welten anders aus, doch für jeden ist sie wie sein schönster Traum, aus dem man nicht erwachen muss. Ihre Liebe war es, die dich durch den Sturm getragen hat. Das Amulett hat keine Macht. Es ist nur ein altes Stück Aberglaube, und ich dachte, wenn ich es verstecken würde, würden die Seelen aufhören, mich darum zu bitten. Die Liebe des Mädchens zu dir aber, und deine zu ihr... die ist real, und sie hat dich getragen. Sie ist genauso wenig tot wie du. Sie sprach mit mir, und danach erlöste ich sie."

Bartholomew Bloomfields junges, altes Herz tat einen Sprung. *War es möglich? Würde er vielleicht doch noch mit dem Engel vereint sein können?*

„Ich werde dich in diese Welt bringen, wenn dein Herz danach verlangt...", sprach der Namenlose, als hätte er diese Gedanken hören können, „...und du wirst sie wiedersehen. In dieser Welt gibt es weder Tod noch Leid, Krankheit, Neid, Habsucht und Hass."

Er nickte, seine Augen tränten.

„Ich will dort hin. Ich will es, von ganzem Herzen. Aber.. wird es Ihnen gelingen, die Welten zu ordnen, jetzt wo der Baum verdorrt ist?"

Der Namenlose lachte abermals.

„Ich will dir ein Geheimnis verraten, Junge. Das größte Geheimnis des Universums."

Mew senkte den Kopf.

„Ich bin bereit."

Der Namenlose schwieg eine Zeit lang. Dann, plötzlich, unerwartet, sagte er:

„Auch ich war einmal ein Mensch. Ein ungestümer Junge wie du, und ich lebte in einem Land namens... oh, da habe ich doch gleich den Namen vergessen. So lange ist es schon her... es war ein kaltes Land, ein großes Land, ich glaube, das größte seiner Zeit, aber sicher bin ich mir nicht. Ich wuchs auf am Rande einer mächtigen, prunkvollen Stadt, und die Paläste waren aus Gold und Marmor. Ein Kaiser regierte damals über uns, doch nicht nur meine Familie lebte in bitterster, finsterster Armut. Eines schicksalhaften Abends zog ich aus, den blaublütigen Tyrannen in seinen Gemächern zu erdolchen. Schließlich hatte er das Sagen in unserem Lande, also musste er allein auch schuld sein an unserem Elend! Mit seinem Ableben sollte alles besser werden für uns. So schlich ich mich, unbemerkt durch die Wachen, in den Palast. Den Herrscher selbst bekam ich nie zu Gesicht, denn etwas anderes hatte meine Aufmerksamkeit angezogen... eine goldene Uhr, und die stahl ich. Unter ihrem Schutz konnte der Zahn der Zeit kaum mehr an mir nagen, und nachdem alle meine Freunde und Verwandten bereits verstorben waren, das Land eine blutige Revolution erlebte, da beschloss ich, ihnen zu folgen. Ich verließ diese Welt, und seitdem friste ich mein Leben hier, in diesem einsamen Tempel. Die Uhr hält mich am Leben, ja, aber sie macht mich nicht unsterblich. Mit ihrer Zerstörung bin auch ich gealtert, und ich spüre, dass mein Ende naht. Der Zeitenbaum ist verfault, und die Erde ist dabei, zu zerfallen. Das Unglück wird sich schon bald weit über die Stadtgrenzen hinaus verbreiten."

Bartholomew atmete tief ein. Sein Herz... es schien wie befreit zu sein, hier an diesem Ort, der so düster und so schön zugleich war.

„Ich will diese Welt retten. Herr, machen Sie mich zu ihrem Erben."

„Mein Junge", sagte der Namenlose, und obwohl Mew sein Gesicht nicht sehen konnte, spürte er die Betrübnis in seinen Worten.

„Willst du diese friedlose, freudlose Welt wirklich erretten? Komm, ich will dir zeigen, was geschehen wird, wenn sie überlebt."

Mew spürte eine warme, freundliche Hand auf seinem Haupt. Er schloss die Augen, und sein Geist öffnete sich. Er sah sie klar und deutlich vor sich, wie ein intensiver Traum, Bilder, Visionen, die er nicht verstehen konnte. Ein Mann, schreiend, verurteilend, voller Hass, stand auf einer Kanzel, und er sprach zu einer riesigen Masse von euphorischen, ja fast ekstatischen Menschen, die jedes seiner Worte mit frenetischem Jubel quittierten. Er sah Krieg, Wahnsinn, Zerstörung, Schiffe, die versanken, Menschen, die litten, eingepfercht wie Tiere, abgemagert bis auf die Knochen, zu grausamer Arbeit gezwungen.

„AUFHÖREN!", schrie er, und Tränen rannen über sein geläutertes Gesicht wie Sturzbäche. „Ich weiß, es gibt noch Hoffnung! Die Menschen werden Einsicht finden!"

Er warf sich auf den Boden, schlug mit den Fäusten um sich wie ein Wilder.

„Das werden sie nicht tun. Ich habe alle Zeiten gesehen, Vergangenheit, Gegenwart und Zukunft. Zwei Kriege werden kommen, in nicht einmal zehn Jahren, einer folgt auf den nächsten, und dann noch einer und noch einer und noch einer. Die Menschheit richtet sich selbst zugrunde."

„Dann soll sie es tun", sprach er willensstark. „Wenn es ihr Schicksal ist. Aber ich habe den Tod gesehen, und ich werde niemals ihr Henker sein. Wenn auch nur um einer einzigen unschuldigen Seele unter Myriaden von Verdorbenen willen."

Damit nahm er seinen indischen Khatar, betrachtete ihn für einen Augenblick. Er schloss die Augen, und dann rammte er ihn in seine eigene Brust. Ein kurzer Schmerz, ein jähes Aufbäumen. Warmes, rotes Blut sickerte über seinen Leib. Dann war alles vorbei, und er war erlöst.

Epilog

Als Mew erwachte, fand er sich in einem kleinen Zimmer wieder. Ein Kamin brannte, und die hölzernen, staubigen Regale waren voller Bücher. Auf einem Schaukelstuhl saß ein alter Mann, kahl und runzelig, dicke Rauchringe aus seiner Pfeife in die Luft pustend. Bartholomew wurde gewahr, dass er in der Luft schwebte. Als er an sich herunterblickte, erschrak er. Sein Körper war verschwunden. Er war nichts. Nur eine freie, erlöste Seele. Plötzlich fiel ihm alles wieder ein.

„Da bist du ja", lächelte der Mann.

Er schien der Namenlose, der Herr der Zeit, zu sein.

„Bist du bereit für deine letzte, alles entscheidende Aufgabe?"

Mew nickte. Jedenfalls nahm er an, dass er genau dies tat.

„Ich will den Zeitensplitter in meinem Herzen tragen. Ich will die Menschen in meinem Herzen tragen. Und Désirée soll mein Engel sein, wenn ich im Himmel bin."

Da erhob sich der Mann und schloss die Augen. Ein warmer Rausch durchfuhr den Jungen. Dann wurde alles schwarz, und in der Schwärze erhob sich ein goldenes, schimmerndes Licht der Hoffnung.

Der Zeitensplitter.

Er ergriff ihn, und das Licht führte ihn in das Reich der Ewigkeit. Was nun folgte, ist nicht mehr mit Worten zu beschreiben. Nur wenigen ist das Privileg beschieden, in diese Welt zwischen den Welten einzugehen, und was dort auf einen wartet, ist...

...das größte Geheimnis des Universums.

Anfang